KB114248

MAJOR LEAGUER
메이저리거

FUSION FANTASTIC STORY

강성곤 장편 소설

메이저리거 12

강성곤 장편소설

초판 1쇄 찍은 날 § 2016년 9월 21일
초판 1쇄 펴낸 날 § 2016년 9월 28일

지은이 § 강성곤
펴낸이 § 서경석

편집책임 § 김현미

펴낸곳 § 도서출판 청어람
등록번호 § 제387-1999-000006호
등록일자 § 1999. 5. 31
어람번호 § 제1-2527호

주소 § 경기도 부천시 원미구 부일로 483번길 40 서경B/D 3F (우) 14640
전화 § 032-656-4452 팩스 § 032-656-4453
http://www.chungeoram.com
E-mail § chungeorambook@daum.net

ISBN 979-11-04-90975-7 04810
ISBN 979-11-04-90490-5 (세트)

MAJOR LEAGUER
메이저리거

FUSION FANTASTIC STORY

강성곤 장편 소설

12

도서출판 청어람

MAJOR LEAGUER
메이저리거

목차

제1장

어머니의 짐을 덜어드리다

　1회 말, 마운드 위에는 필리스의 선발투수로 나선 해멀스가
올라와 있었다.

　좌완 오버핸드 투수인 해멀스는 최고 구속 96마일의 포심
패스트볼을 뿌리는 좌완 파이어볼러였다.

　여기에 메이저리그에서도 손꼽히는 체인지업을 던질 줄 아
는 투수였다.

　커터와 커브도 간간이 던졌지만 거의 대부분 포심─체인지
업 조합의 투구가 주를 이뤘다.

　패스트볼에 특화되었다고 표현해도 될 정도로 강력한 모습
을 뽐내는 민우에게는 최적의 상대라고 할 수 있었다.

1번 타자인 캐롤을 상대로 거침없이 뿌려대는 공은 그 구위가 꽤나 대단해 보였다.

하지만 민우는 걱정할 것이 없다는 듯한 표정이었다.

'탈삼진이 많지만, 그만큼 볼넷도 많은 투수. 그리고… 멘탈도 약한 투수라고 했지.'

투수에게 가장 중요한 것은 위기를 맞이해도 흔들리지 않고 꿋꿋이 자신의 공을 뿌릴 줄 아는 멘탈이라고 할 수 있었다.

그런데 해멀스는 지난 시즌, 이런 멘탈에 문제를 드러내며 많은 이를 놀라게 만들었다.

지난 시즌, 필리스는 월드 시리즈 3차전까지 양키스에 1승 2패로 뒤지고 있었다.

그리고 바로 그 3차전에서 해멀스는 4회에 강판을 당하며 무려 5실점을 기록했었다.

그런데 강판 이후, '빨리 끝났으면 좋겠다'는 말을 꺼내며 마치 패배주의에 빠진 듯한 모습을 보였다.

이후 자신의 말을 정정하며 뒤늦게 수습하는 모습을 보였지만 이 일로 인해 동료부터 감독, 지역 언론에까지 대차게 비난을 받으며 체면을 구겼다.

민우 역시 해멀스에 대한 이러저러한 이슈들을 정리하면서 이러한 사실을 알고 있었다.

'신시네티와의 3차전에서 완봉승을 거두긴 했지만, 지금은

상황이 많이 다르다. 마치 지난해, 해멀스가 말실수를 했던 그때, 아니, 그때보다 더 심각한 상황이야.'

필리스는 이미 홈에서 다저스에게 2연패를 당하며 크게 휘청거린 상태였다.

1승이 다급한 필리스의 상황은 결국 3차전 선발투수인 해멀스를 자연스럽게 압박할 수밖에 없었다.

"스트라이크 아웃!"

주심의 우렁찬 목소리에 민우의 시선이 잠시 타석으로 향했다.

캐롤은 풀카운트 접전 끝에 삼진을 당하고는 천천히 더그아웃으로 돌아오고 있었다.

해멀스는 겉보기에는 흔들릴 만한 기미를 보이지 않고 있었다.

하지만 이제 겨우 한 타자를 처리했을 뿐이었다.

'지금이야 호투를 보이고 있지만 그 멘탈은 멀쩡하지 못할 거야. 이럴 때야말로 한 방을 날린다면… 제대로 흔들리겠지. 할 수만 있다면 그 역할은 내가 하는 게 가장 충격이 클 거야.'

1, 2차전에서 필리스를 무너뜨린 승리의 주역은 누가 뭐래도 민우였다.

만약 3차전에서마저도 민우가 홈런을 날린다면 필리스는 3경기 연속 홈런을 맞았다는 충격에 더불어 포스트 시즌 연속경기 홈런 신기록의 희생양이 되었다는 것에 그 압박은 배가될 것이 분명했다.

그렇게 민우가 생각을 마친 이후, 경기는 조금 빠르게 흘러가기 시작했다.

초구를 흘려보낸 이디어가 2구째에 배트를 휘둘렀다.

딱!

거친 타격음과 함께 이디어의 타구는 유격수의 정면으로 굴러가고 말았다.

따아악!

이어 3번 타자인 로니의 타구는 그 타격음만큼이나 크게 떠올랐다.

하지만 그 타구는 우측 펜스 앞 워닝 트랙에서 힘을 잃고 떨어져 내렸고, 곧 우익수, 워스의 글러브로 빨려 들어가고 말았다.

이후 2회 초, 6구까지 가는 접전 끝에 하워드의 손에서 필리스의 경기 첫 번째 안타가 만들어졌다.

하지만 이후 워스가 중견수 플라이를, 롤린스가 유격수 앞 병살타를 때리며 기회를 허무하게 날려 버렸다.

2회 말, 해멀스는 여전히 호투를 보였다.

선두 타자인 블레이크를 5구 만에 삼진으로 돌려세우며 첫 번째 아웃 카운트를 잡은 해멀스는 곧 민우를 상대하기 시작했다.

민우는 뚝 떨어지는 초구 체인지업을 가볍게 흘려보낸 뒤, 2구째 낮은 코스를 찌르는 포심 패스트볼에 거침없이 배트를 내돌렸다.

따아아악!

총알같이 쏘아진 타구였고, 그 각도도 좋았지만 방향이 좋지 않았다.

센터필드에 서 있던 빅토리노는 제자리에서 단 한걸음만을 움직인 채, 글러브를 들어 올렸고 민우의 타구는 곧 그 글러브 안으로 자취를 감추고 말았다.

한 고비를 넘긴 해멀스는 자신감을 얻은 듯, 켐프에게 삼진을 뽑아내며 깔끔하게 이닝을 마무리 지었다.

이후 3회에 양 팀이 안타 하나씩을 주고받으며 기회를 노렸지만 0의 균형은 깨지지 않고 있었다.

4회 초, 필리스의 선두 타자로 3번 어틀리가 들어서고 있었다.

앞선 타석에서 중견수 플라이로 아웃을 당하긴 했지만, 민우의 호수비가 아니었다면 충분히 안타가 될 법한 타구를 만들어냈던 어틀리였다.

첫 타석부터 배트에 제대로 맞췄다는 것은 두 번째 타석은 더욱 조심해야 한다는 의미이기도 했다.

다저스의 배터리 역시 어틀리의 타격감이 좋다는 것을 인지하고 있었고, 최대한 낮은 공을 선택했다.

하지만 아무리 잘 던진 공이라도 타자의 배트가 닿는 곳이라면 좋은 타구가 나올 확률이 존재했다.

슈우욱!

따아악!

릴리의 손에서 뿌려진 공이 눈 깜짝할 새에 방향을 바꿔 우중간을 갈랐다.

하지만 이디어의 수비 위치에 더욱 가깝게 쏠린 타구였고, 민우가 먼저 잡아내기에는 어려움이 있었다.

곧 민우보다 타구를 더욱 빨리 집어 든 이디어가 신속하게 2루를 향해 뿌렸지만 이미 어틀리는 2루에 들어선 뒤였다.

2루타 한 방으로 무사 2루, 오늘 경기에서 처음으로 득점권에 주자를 내보낸 것이었다.

그리고 타석에는 필리스의 첫 안타를 신고했던 타자, 하워드가 들어섰다.

하워드는 1차전에서 커쇼를 상대로 투런포를 쏘아 올리며 그 펀치력이 죽지 않았음을 알렸었다.

올 시즌, 장타율이 1할 가까이 떨어졌음에도 5번 타자인 워스에 이어 팀 내 2위를 기록하고 있다는 것은 그가 얼마나 강력한 펀치력을 지녔는지를 말해주는 것이기도 했다.

그리고 오늘은 그 컨디션도 꽤나 좋아 보였다.

민우는 곧장 수비 위치를 우측으로 조금 더 옮기며 하워드의 타구에 대응할 준비를 마쳤다.

　하워드는 앞선 타석과 마찬가지로 릴리의 유인구에 쉽게 배트를 내밀지 않고 있었다.

　1구와 2구를 내리 싱커를 뿌렸지만 모두 스트라이크존을 아슬아슬하게 벗어나며 볼이 되었다.

　잠시 로진백을 더듬은 릴리가 2루를 힐긋 바라본 뒤, 세트 포지션에서 빠르게 공을 뿌렸다.

　슈우우욱!

　살짝 높이 제구된 공은 홈 플레이트 근처에 다다를수록 천천히 떨어져 내리는 모습이었다.

　하지만 릴리의 두 눈이 크게 떠지는 모습은 무언가가 잘못되었다는 것을 말해주고 있었다.

　따아아악!

　배트가 쪼개지는 듯한 타격음과 함께 높이 떠오른 타구가 우측으로 휘어져 날아가기 시작했다.

　민우의 눈에 보이는 낙구 지점은 폴대 너머의 파울라인 바깥쪽 관중석이었다.

　하지만 하워드의 타구가 그리는 궤적은 폴대의 안쪽을 지나고 있었다.

　'넘어갔네.'

　민우가 판단을 내린 지 2초가 채 지나지 않아 타구는 폴대 안쪽을 아슬아슬하게 스쳐 지나가며 펜스를 넘어가고 말았다.

―홈런! 홈런입니다! 우측으로 크게 휘어지던 타구가 아슬아슬하게 폴대 안쪽으로 들어오며 홈런이 만들어집니다!
―필리스의 큼지막한 홈런으로 4회 초, 필리스가 선취점을 가져갑니다. 스코어 0 대 2.

빠르게 다이아몬드를 돈 하워드는 두 주먹을 배 앞으로 쥐어 보이며 가볍게 포효했다.

그 모습에 신경이 곤두설 법도 했지만 릴리는 베테랑다웠다.

"아웃!"

"스트라이크 아웃!"

"아웃!"

강타자인 워스의 타구를 민우가 가볍게 처리한 것을 시작으로 삼진―유격수 땅볼로 후속 타자를 깔끔하게 돌려세우며 이닝을 매조지며 더 이상의 추가 실점을 내어주지 않는 모습이었다.

4회 말, 다저스의 타순은 한 바퀴를 돌아 2번부터 시작되고 있었다.

따악!

홈 플레이트 앞에서 강하게 튕겨 오른 타구는 가볍게 점프를 한 유격수의 글러브로, 그리고 다시 1루로 빠르게 쏘아졌다.

"아웃!"

이디어는 앞선 타석과 마찬가지로 유격수 앞 땅볼로 아웃이 되고 말았다.

뒤이어 3번 타자인 로니마저 3루수 앞 땅볼로 돌려세우며 아웃 카운트는 두 개로 늘어났다.

무기력하게 물러나는 다저스의 타선에 팬들의 얼굴엔 아쉬움이 묻어나고 있었다.

단 4구 만에 아웃 카운트 두 개를 챙긴 해멀스가 다시금 공을 뿌리기 시작했다.

슈우욱!

팡!

"볼!"

"스트라이크!"

"볼!"

"스트라이크!"

블레이크는 앞선 두 타자와 달리 해멀스의 공에 배트를 쉬이 내밀지 않으며 신중한 모습을 보였다.

그리고 해멀스가 와인드업 자세를 취한 뒤, 다시 한 번 강하게 공을 뿌렸다.

슈우우욱!

제구가 살짝 흔들린 듯, 스트라이크존의 구석에서 조금 더 안쪽으로 쏠린 공이었다.

그리고 기다렸다는 듯, 블레이크의 배트가 빠르게 돌아 나왔다.

따악!

둔탁한 타격음은 배트의 스위트 스폿에 맞지 않았다는 것을 알려주고 있었다.

하지만 총알같이 쏘아진 타구는 3루수의 글러브를 피해 파울라인을 타고 유유히 내야를 빠져나갔다.

그에 블레이크는 1루를 여유 있게 밟은 채, 2루로 갈 듯한 몸짓을 보이다가 천천히 뒷걸음질을 쳤다.

'무리할 필요는 없지. 타자가 타자이니만큼.'

블레이크는 1루를 밟은 채, 타격 장갑을 벗으며 타석을 바라봤다.

타석에는 언제나 모두의 믿음에 보답하는 타자, 민우가 들어서고 있었다.

민우는 배터 박스의 바닥을 스파이크로 가볍게 문댄 뒤, 천천히 자세를 잡으며 해멀스를 바라봤다.

'한 방이면 동점이니까, 당연하지만 좋은 공은 절대로 주지 않겠지?'

안타면 무실점, 장타면 1실점, 홈런이면 2실점을 내어줄 상황에서 투수가 장타를 맞을 확률이 높은 공을 뿌릴 이유가 없었다.

'낮게 그리고 멀리 제구하는 것에 중점을 맞추지 않을까? 이제 두 번째 타석이니까, 한 번 가볍게 노려 쳐볼까.'

좌우로 크게 변하는 변화구를 거의 던지지 않는 해멀스였기에 그 타격 범위를 좁히는 것은 그리 어렵지 않았다.

더군다나 패스트볼이 투구 수의 절반을 훌쩍 넘는 패턴을 보이니 민우에게는 그 대처도 그리 어렵지 않았다.

'2스트라이크까지는 바깥쪽만 노려보자.'

물론 존 안쪽을 모두 포기하는 것은 아니었지만, 1순위를 바깥쪽으로 두는 것이었다.

필리스의 포수, 루이즈가 민우의 준비 자세를 힐긋 바라봤다.

하지만 평소와 다를 바 없는 모습에 힌트를 얻을 수 없었다.

'정석대로 가는 게 좋겠지. 바깥쪽 낮은 코스로.'

루이즈의 요구에 해멀스도 곧장 고개를 끄덕였다.

첫 타석에서 강렬한 타구를 날려 보냈던 민우였기에 해멀스의 투구에는 신중함이 깃들어 있었다.

슈우우욱!

해멀스의 손을 떠난 공이 빠른 속도로 홈을 향해 날아가기 시작했다.

동시에 민우는 타격 범위 내에 들어오는 공에 즉각 반응을 보였다.

탓!

강하게 내디딘 스트라이드에 이어 빠르게 회전을 시작한 허리, 그리고 뒤를 이어 존재감을 드러내는 배트까지.

따아악!

손에서 느껴지는 저릿한 느낌은 완벽히 정타를 맞추지 못했다는 것을 알려주고 있었다.

오늘 경기에서 처음으로 커터를 던진 것이었다.

'칫.'

노리고 쳤음에도 스위트 스폿에 정확히 맞추지 못한 것에 실망한 것도 잠시, 1루로 달리던 민우의 눈에 타구의 실밥이 적나라하게 들어왔다.

'무회전?'

좌익수를 향해 뻗어가는 타구는 그 실밥이 선명하게 보일 정도로 회전이 거의 걸리지 않은 모습이었다.

찰나의 순간, 민우는 한 치의 고민도 없이 하나의 스킬을 사용했다.

'대도!'

지이이잉—

스킬을 사용하자 가속도를 붙이던 다리의 근육이 더욱 팽팽하게 당겨졌고, 순식간에 반원을 그리며 1루를 지나 2루를 향해 내달리기 시작했다.

 그사이 외야에서는 좌익수인 이바네즈와 중견수인 빅토리노가 동시에 스타트를 끊었고, 타구의 진행 방향을 따라 빠르게 달려가고 있었다.

 ─쳤습니다! 낮고 강하게 쏘아진 타구! 좌중간으로 빠르게 날아가는데요! 좌익수와 중견수가 빠르게 달려갑니다!

 민우의 타구는 체공 시간이 길어질수록 그 흔들거림이 눈에 띄지 않게 조금씩 커지고 있었다.

 타구의 방향은 살짝 좌측으로 치우친 모습이었고, 곧 좌익수의 글러브로 빨려갈 듯 보였다.

 "마이 볼!"

 이바네즈가 빅토리노에게 빠르게 자신이 잡겠다는 제스처를 취하자, 빅토리노는 잠시의 지체 없이 곧장 방향을 틀고는 속도를 줄이며 이바네즈의 뒤쪽 빈 공간을 향해 달려갔다.

 곧, 타구의 낙구 위치에 다다른 이바네즈가 속도를 줄여가는 순간.

 '어?'

 마치 헛것이라도 본 듯한 표정을 짓더니, 들어 올린 글러브와 그 눈동자가 이리저리 흔들리기 시작했다.

타구를 맞이해야 하는 입장에서 타구의 움직임을 예측할 수 없는 경우는 경험해 본 적이 없었다.

그런데 바로 지금, 민우가 날려 보낸 평범한 플라이성 타구는 술에 취한 것처럼 이리저리 흔들리고 있었다.

까딱 잘못하면 놓칠 수도 있는 상황.

이바네즈는 집중력을 잃지 않기 위해 두 눈에 핏대를 세우고 있었다.

하지만 잠시 뒤, 그런 이바네즈의 노력이 헛되이 무산되고 말았다.

슈욱!

이바네즈가 높이 들어 올린 글러브의 옆으로 휙 하고 휘어진 타구가 뒤쪽으로 빠져 버린 것이었다.

'안 돼!'

이바네즈는 당황한 표정으로 고개를 뒤로 돌렸다. 하지만 곧 타구를 향해 본능적으로 몸을 날리는 빅토리노의 모습에 그 얼굴이 잠시 화색을 띠었다.

―아! 이바네즈가 이 타구를 놓치는데요! 아! 빅토리노가 몸을 날려서 이 타구를……!

수비에서 자신의 수비 범위가 아니라 하더라도 백업을 하는 것은 기본 중의 기본이었다.

그리고 빅토리노는 그 기본에 충실히 임하고 있었다.

'강민우의 타구는 예측불허였어.'

수비력이 뛰어난 선수들이라도 유독 민우의 타구에 그 안정감이 떨어지는 경우를 종종 보여 왔었고, 그것이 빅토리노의 뇌리에 강한 인상을 심어두고 있었다.

그리고 바로 이 자리에서 이바네즈가 공을 흘리는 순간, 빅토리노는 동물적인 모습으로 타구를 향해 몸을 날렸다.

그리고 그 타이밍은 완벽히 맞아떨어졌다.

빅토리노는 분명히 맞아떨어졌다고 생각했다.

그 글러브의 끝부분에 공이 부딪히는 것을 느끼기 바로 직전까지는 그랬다.

툭!

'헉!'

빅토리노의 글러브 안쪽이 아닌 끝에 부딪힌 타구는 그 방향을 틀어 좌측으로 빠르게 굴러가기 시작했다.

바운드되지 않아 무회전을 계속하던 타구가 몸을 날린 빅토리노의 진행 방향으로 다시금 휘어졌고, 빅토리노의 리치가 반 뼘쯤 모자란 상황이 되며 타구가 튕겨 나간 것이었다.

망연자실한 표정으로 미끄러지는 빅토리노의 모습에 잠시 혼돈이 온 듯, 이바네즈가 휘청거리며 넘어질 뻔한 모습을 보였다.

하지만 곧 굴러가는 타구를 쫓아 급하게 달려가기 시작했다.

─아!! 이게 무슨 일인가요! 빅토리노가 이 타구를 잡지 못합니다! 글러브 끝에 맞고 튕겨 나간 타구가 방향을 바꿔 파울라인을 향해 빠르게 튕겨지고, 그 뒤를 이바네즈가 쫓습니다! 그사이 강민우 선수는 2루를 돌아 3루를 향해 내달려갑니다! 이러면 홈까지! 홈까지 올 수 있습니다!

타다다닷!

그렇게 이바네즈와 빅토리노가 연속으로 실책을 범하는 사이, 민우는 2루를 지나 3루를 향해 미친 듯이 달려가고 있었다.

"우아아아!!"

"달려!!"

"홈까지 가는 거야!!"

홈팬들의 환호성이 점점 커져가는 것을 느끼며, 민우도 다리 근육을 더욱 조이며 마지막 코너를 돌았다.

3루 코치는 민우가 혹여나 방심할까 싶어 팔을 풍차처럼 돌리며 그린 라이트를 보내고 있었다.

그리고 그런 3루 코치를 스쳐 지나간 민우는 어느덧 홈을 코앞에 두고 있었고, 곧 몸을 앞으로 날렸다.

촤아아악!

흙바닥을 가르며 민우의 손이 홈 플레이트를 가볍게 스치고 지나갔다.

그리고 1초 정도의 시간이 지난 뒤.

팍!

뒤쪽에서 포수 미트에 공이 꽂히는 소리가 들려왔다.

다시 볼 것도 없는 완벽한 세이프였다.

그 모습에 다저스타디움이 무너질 듯한, 격한 환호성이 사방에서 쏟아지기 시작했다.

"우와아아아아!!"

"예에에에!"

"인사이드 더 파크 홈런이다!!"

"신기록을 세웠어!"

"우리에겐 민우가 있다!!"

"와하하핫!"

─3루! 여유 있게 밟고 이제 홈으로! 홈에서! 홈에!! 들어옵니다! 세이프!! 세이프입니다!! 강민우의 인사이드 더 파크 홈런이 터져 나옵니다! 강민우 선수가 발로 홈런을 만들어내면서 메이저리그의 역사를 새로 써 내려갑니다. 벨트란의 5경기 연속 홈런을 넘어 포스트 시즌 6경기 연속 홈런 신기록을 달성하는 강민우 선수입니다!

─와~ 정말 이런 장면이 연출될 줄은 꿈에도 몰랐습니다! 다시 보시면요. 이바네즈가 충분히 쉽게 잡을 수 있는 타구

를 어이없게 흘렸고요. 백업을 왔던 빅토리노가 잽싸게 몸을 날려서 잡힐 거라고 생각했는데 글러브 끝에 맞고 완전히 방향을 바꿔서 튕겨 버렸거든요.

—예. 그리고 수비도 수비였지만, 강민우 선수가 포기하지 않고 처음부터 전력으로 달린 것도 인사이드 더 파크 홈런을 만들어내는 데에 결정적으로 작용했다고 할 수 있겠습니다.

—하워드의 투런 홈런의 충격을 깨끗하게 지워 버리는 인사이드 더 파크 홈런이 터져 나오면서 스코어 2 대 2, 다저스가 경기를 다시금 원점으로 되돌립니다.

팬들의 환호성을 온몸으로 받으며 몸을 일으킨 민우는 평소에는 전혀 보이지 않았던 세리머니를 보였다.

양손을 들어 입에 댄 민우는 '쪽' 하는 소리와 함께 관중석의 한 부분을 향해 양손을 펼치고는 미소를 지은 채, 천천히 더그아웃으로 발걸음을 옮겼다.

그 모습에 민우의 키스가 향한 곳에 자리를 잡고 있던 수많은 여성 팬이 일제히 비명을 지르며 자지러지는 모습을 보였다.

"꺄아아악!"

"나한테 키스를 보냈어!"

"아니야! 나야!"

"무슨 소리야! 나한테 보낸 거야!"

여성 팬들이 서로 나니 너니 하며 투덕거리는 모습에 일부 남성 팬들은 약간의 질투가 담긴 시선으로 민우와 여성 팬들을 번갈아 바라보고 있었다.

─강민우 선수가 관중석을 향해 키스를 날리네요~ 오늘 특별한 누군가가 찾아온 것이 아닐까 싶은데요.

─그 주인공이 되는 사람은 정말 행복할 것 같습니다.

해설자들의 말과 함께 카메라가 잠시 키스가 향한 곳이라 짐작되는 곳을 비추기 시작했다.

하지만 그들 중 민우의 키스가 향한 주인공이 누구인지 아는 이는 단 세 명뿐이었다.

그리고 잠시 연주와 퍼거슨, 마틴이 화면에 잡혔지만 이내 중계 카메라는 다시금 선수들의 모습을 출력하기 시작했다.

민우의 세리머니를 본 연주는 두 손을 꽉 쥔 채, 두 눈을 감고 감격에 찬 표정을 짓고 있었다.

수비에서 뿐만 아니라, 공격에서도 팀을 구해내는 민우의 모습이 너무나도 자랑스러웠다.

주변에서는 연신 민우의 이름을 연호하고 있었고, 민우의 움직임 하나하나에 모든 이들이 감동과 환희에 찬 모습을 보이고 있었다.

그리고 조금 전의 세리머니에 주변에서 자지러지는 여성 팬들의 모습까지.

어느 하나 연주를 기쁘지 않게 하는 것이 없었다.

'우리 아들. 이렇게 멋진 모습을 보여주니 이 엄마도 안심이 되는구나. 정말… 정말 고맙다.'

무의식중에 자리 잡고 있던 온몸의 떨림도 어느새 미약하게 남아 있을 뿐이었다.

뿌듯한 표정을 지은 채, 연주를 가만히 바라보던 퍼거슨은 연주가 감았던 눈을 천천히 뜨는 모습에 마틴을 바라봤다.

마틴은 퍼거슨의 눈빛에 가볍게 고개를 끄덕였다.

곧, 퍼거슨이 연주를 바라보며 천천히 입을 열었다.

"지금 보시는 모습 그대로가 바로 강민우 선수의 현재의 모습이에요."

퍼거슨의 말을 들은 마틴이 곧장 연주에게 통역을 해주기 시작했다.

더그아웃 안으로 모습을 감춘 민우에게서 시선을 돌려 퍼거슨을 바라보기 시작했다.

퍼거슨은 그런 연주를 향해 믿음이 가득 담긴 시선을 보내며 말을 이어나갔다.

"강민우 선수의 말처럼 이제는 정말 걱정하지 않으셔도 돼요. 강민우 선수는 미국에 온 뒤로 매 경기 성장하고 있고, 앞으로도 얼마나 더 성장을 할지 감히 추측할 수 없어요. 그리고 강민우 선수가 성장한다는 것은 그 실력에만 국한된 것이 아니기도 해요. 육체적인 면에서는 부상을 당하기 힘들다고 표현해도 될 정도로 단단하면서도 부드러워요. 그리고 그를 뒷받침해 주는 정신적인 성장 또한 계속해서 이루어져 왔고요. 그리고 그런 강민우 선수가 가장 염두에 두는 것은 그 어느 것도 아닌, 바로 강민우 선수의 어머니예요."

퍼거슨의 말에 연주가 가만히 고개를 끄덕였다.

민우가 자신을 생각하는 마음은 민우를 20여 년 동안 키운 연주, 그 자신이 가장 잘 알고 있었다.

그리고 1년이 채 안 되는 시간이었지만, 민우를 가장 가까운 거리에서 지켜본 이 중 한 명이 바로 퍼거슨이었다.

그런 퍼거슨이 이런 말을 할 정도라면 그동안 민우가 어떻게 행동을 해왔을지 대충 짐작이 되었다.

연주는 그런 퍼거슨의 배려가 고마웠고, 자신을 생각하는 민우의 마음이 느껴져 그저 미안하고 고마울 뿐이었다.

퍼거슨의 말을 들은 연주의 눈시울이 살짝 붉어졌지만, 그 표정은 이전보다 훨씬 편안해 보였다.

"그렇게 말해주니 정말 고맙네요. 한결 마음이 놓여요."

그 모습에 퍼거슨이 가볍게 미소를 지어 보였다.

"지금도 그랬지만 앞으로도 전혀 걱정하지 않으셔도 된다고 감히 말씀드릴 수 있어요. 제 직업이 바로 강민우 선수가 불편한 일이 없도록 하는 것이니까요. 절 믿고 앞으로는 마음 편히 강민우 선수의 경기를 지켜보세요. 제가 최선을 다할 테니까요."

퍼거슨의 말에 연주가 미소를 지은 채, 고개를 끄덕이며 퍼거슨의 손을 잡았다.

"앞으로도 우리 아들, 잘 부탁할게요."

퍼거슨 역시 그 손에 힘을 실으며 천천히 고개를 끄덕였다.

*　　　*　　　*

민우가 경기를 다시 원점으로 돌려둔 이후, 경기는 지루하게 흘러가기 시작했다.

다저스와 필리스, 그 어느 팀도 쉬이 승기를 잡는 결정타를 날리지 못한 채, 경기는 9회 초로 넘어갔다.

마운드에는 8회까지 단 2실점만을 내어주며 호투를 보인 릴리의 뒤를 이어 젠슨이 올라와 있었다.

9월, 민우와 함께 승격한 이후 정규 시즌에 이어 포스트 시즌에서도 계속해서 호투를 보이고 있는 젠슨이었기에 다저스의 팬들은 믿음직스러운 시선을 보내며 젠슨의 연습 투구를 지켜보기 시작했다.

슈우욱!

팡!

미트에 꽂히는 공의 위력은 평소와 별반 차이가 없어 보였다.

멀찍이 수비 위치에서 그 모습을 지켜보던 민우도 그 모습에 9회가 쉬이 마무리되지 않을까 생각하고 있었다.

하지만 그렇다고 가벼운 마음을 가질 수는 없었다.

변수는 언제나 존재했고, 필리스의 정규 이닝 마지막 공격인 만큼 집중력을 더욱 끌어 올릴 것이라는 추측도 가능했다.

'어틀리는 방심할 수 없는 타자니까.'

앞선 4회, 하워드의 투런 홈런에 앞서 출루를 하며 득점의 발판을 마련했던 것이 바로 어틀리였다.

비록 그게 오늘 경기에서의 유일한 안타이긴 했지만 나머지 두 타석에서도 꽤나 잘 맞은 타구를 날려 보냈던 어틀리였기에 방심할 수는 없었다.

민우의 호수비 두 개가 없었다면 둘 중 하나는 안타가 되었을지도 모를 일이었다.

뒤이어 나설 하워드나 워스의 펀치력도 무시할 수는 없었다.

'막자. 여기서 막고 9회 말에 끝내자.'

9회 말, 다저스의 공격은 4번 블레이크부터 시작될 차례였다.

9회 초, 필리스의 공격을 무실점으로 막아내고 9회 말 점수를 내며 게임을 끝내는 것이 최상의 시나리오였다.

잠시 생각에 잠겨 있던 민우는 사인 교환을 마치고 와인드업 자세를 취하는 젠슨의 모습에 가볍게 몸을 낮췄다.

슈우우욱!

팡!

"스트라이크!"

초구는 스트라이크존의 바깥쪽 구석을 찌르는 포심 패스트볼이었다.

라인에 정확히 걸치는 공이었는데, 주심은 스트라이크로 선언하며 다저스에게 유리한 판정을 내려주었다.

어틀리는 신중한 표정으로 배트를 한 번 휘둘러보고는 다시금 자세를 잡아갔다.

2구는 살짝 빠지는 볼, 3구는 구석을 찌르는 커터에 파울, 4구는 뚝 떨어지는 커브가 배트를 이끌어내지 못하며 볼이 되었다.

이후 어틀리가 3개의 공을 연속으로 커트해 내며 승부는 8구까지 이어지고 있었다.

볼카운트는 2볼 2스트라이크 상황.

끈질기게 붙잡고 늘어지는 어틀리의 모습에 야수들의 자세가 아주 조금 흐트러질 즈음.

슈우우욱!

젠슨의 손에서 뿌려진 8번째 공을 따라 어틀리의 배트가 다시 한 번 휘둘러졌다.

따악!

이전과 마찬가지로 그 타격음이 둔탁하게 울려 퍼졌다.

하지만 그 방향은 이전과 달리 투수의 옆을 향하고 있었다.

쏜살같이 되돌아오는 타구에 젠슨이 몸을 비틀며 글러브를 뻗어보았다.

틱!

하지만 오히려 그것이 독이 되고 말았다.

글러브 끝에 살짝 스친 타구의 방향이 가볍게 틀어졌고, 타구를 잡기 위해 달려들던 테리엇의 동선과 완전히 어긋나고 말았다.

―때렸습니다! 아~ 투수 글러브 맞고 굴절! 굴절된 타구가 그대로 외야로 흘러 나갑니다! 그사이 타자 주자는 여유 있게 1루 베이스를 밟습니다!

―아~ 묘한 상황이 나오네요~ 글러브에 맞지 않았다면 충분히 잡아낼 수 있는 타구였는데요. 타구에 본능적으로 반응하는 것을 막을 수는 없었던 것 같습니다.

이미 방향을 잡고 달려가던 테리엇이었기에 다시 자리에 멈춰 서고, 방향을 바꿔 되돌아가는 것은 무리가 있었다.

민우는 타구가 외야로 흘러오는 순간, 혹여나 어틀리가 기습적으로 2루를 홈칠까 싶어 빠르게 달려 내려와 타구를 집어 들며 견제의 제스처를 보였다.

하지만 어틀리는 무리할 생각이 전혀 없다는 듯, 2루를 향해 몇 걸음을 채 떼지 않고 다시 1루로 돌아간 뒤, 미소 띤 얼굴로 코치와 대화를 나누고 있었다.

민우는 그 모습에 테리엇에게 가볍게 공을 던져 주고는 시선을 돌려 젠슨을 바라봤다.

젠슨은 자신의 글러브를 구깃거리며 상당히 아쉬운 표정을 지어 보이고 있었다.

'첫 타자부터 8구까지 간 데다 이런 기분 나쁜 출루라……'

투수에게 가장 기분 나쁜 출루 중 하나가 바로 지금처럼 충분히 잡을 수 있는 타구를 타의든 자의든 간에 어이없게 흘려 버리는 것이었다.

특히나 8구까지 가는 긴 승부 끝에 내어주고 만 출루였기에 더더욱 뼈아픈 것이기도 했다.

민우는 젠슨의 널찍한 등판을 바라보다 천천히 시선을 돌려 타석을 바라봤다.

타석에는 날카로운 눈빛을 내비치고 있는 타자, 하워드가 들어서 있었다.

젠슨을 뚫어져라 바라보던 하워드는 젠슨이 사인 교환을 마치는 모습에 천천히 자세를 잡았다.

뒤이어 잠시 1루 주자를 힐긋 바라본 젠슨이 빠르게 공을 뿌렸다.

슈우우욱!

젠슨의 초구는 하워드의 몸 쪽 낮은 코스를 찌르고 들어갔다.

하워드가 가장 약한 모습을 보이는 코스였기에 적절한 선택이라고 할 수 있었다.

하지만 하워드는 기다렸다는 듯, 벼락같이 배트를 내돌렸다.

따아아악!

공을 쪼개 버릴 듯한 큼지막한 타격음과 함께 우측으로 당겨진 타구의 모습에 모든 이들이 멍한 표정으로 타구를 바라보기 시작했다.

─끌어당긴 타구! 우측으로! 큽니다! 우측으로!! 폴대~~

금방이라도 펜스를 훌쩍 넘어갈 듯한 타구는 급격히 우측으로 휘어지고 있었다.

모두가 간절한 마음으로 두 손을 모으고 타구가 폴대 바깥으로 휘어지길 바랐다.

'제발!'

'휘어져!'

'바깥으로 나가 버려!'

곧 육안으로 구분하기 힘들 정도로 폴대를 스치고 지나간 타구가 관중석에 꽂혔고, 모두의 시선은 1루심에게로 돌아갔다.

그리고 1루심은 양팔을 들어 올리며 홈런이 아닌 파울임을 모두에게 알렸다.

그 판정에 다저스의 팬들은 안도의 한숨을, 필리스의 선수들은 좌절의 한숨을 내쉬었다.

—바깥쪽! 바깥쪽입니다! 아~ 정말 아슬아슬한 타구였습니다.

—이거는 거의 1미터도 채 되지 않을 정도로 아슬아슬했네요. 운이 좋았어요.

가장 놀란 것은 공을 뿌렸던 젠슨이었다.

하워드가 좌투수보다 우투수에게 강한 모습을 보이기는 했지만, 대표적인 약점인 몸 쪽 낮은 코스로 향한, 제대로 긁힌 공이 정타를 얻어맞았기에 가슴이 철렁했다.

직전 타석에서의 투구 수를 만회하기 위해 아주 살짝, 안쪽으로 더 밀어 넣는 선택이 악수가 될 뻔한 상황이었다.

'휴우. 하마터면 큰일 날 뻔했어. 약점을 노리되, 섣불리 승부하기보다는 유인구로 가는 게 옳아.'

그런 생각과 함께 바라하스를 바라보자, 그 역시 같은 생각이라는 듯 다음 사인은 더욱 조심스러운 모습이었다.

'젠슨의 제구가 잘되는 편이니까, 경계선을 위주로 배트를 유인해 보자고.'

그런 판단과 함께 다시금 공이 뿌려지기 시작했다.

하지만 초구에서 거침없이 배트를 휘두른 하워드는 무언가를 알고 있기라도 하다는 듯, 이후 계속해서 움찔거리기만 할 뿐, 배트를 내밀지 않는 모습이었다.

그리고 젠슨의 공이 아슬아슬하게 스트라이크존의 경계에서 맴도는 모습에 주심의 팔 또한 쉬이 올라가지 않았다.

슈우우욱!

팡!

"볼!"

또 하나의 공이 볼이 되며 결국 3볼 2스트라이크, 풀카운트 상황이 만들어졌다.

어틀리에게 8개의 공을 뿌린 것에 이어 하워드에게도 5개의 공을 뿌리며 승부를 길게 가져가는 젠슨의 모습에 팬들의 가슴속에 다시금 불안감이 자라나기 시작했다.

"힘내! 젠슨!"

"하워드 따위 그냥 잡아버리라고!"

"덩치만 커다란 놈이잖아!"

팬들의 일부는 젠슨을 응원했고, 일부는 하워드의 심기를 건드리려는 듯 거친 말을 내뱉고 있었다.

하지만 하워드는 그런 말에 귀를 닫았다는 듯 처음부터 일관된 표정으로 젠슨을 노려보고 있을 뿐이었다.

잠시간의 기 싸움 뒤, 젠슨의 고개가 끄덕여졌다.

그러고는 빠른 동작과 함께 공이 뿌려졌다.

슈우우욱!

포심 패스트볼의 궤적을 그리며 날아오던 공에 하워드의 배트가 반응하는 순간.

공이 위에서 내리누른 모습으로 홈 플레이트 앞에서 뚝 떨어지기 시작했다.

다저스 배터리의 선택은 체인지업이었다.

그 모습에 돌아 나오던 하워드의 배트가 급히 제동이 걸리기 시작했다.

팡!

하워드의 배트가 홈 플레이트 부근에서 크게 휘청거렸고, 뒤이어 포수 미트에 공이 꽂히는 소리가 들려왔다.

바라하스는 주심의 판정을 기다리지 못하고 곧장 3루심을 가리켰다.

주심 역시 3루심을 가리키며 그에게 판단을 넘겼다.

다저스타디움을 가득 채운 모두의 시선이 3루심에게로 쏠렸다.

그들은 주심이 주먹을 쥐어 들어 보이길 바라고 있었다.

하지만 그런 바람과 달리 3루심은 가볍게 팔을 양옆으로 벌려 보이며 배트가 돌지 않았다는 판정을 내렸다.

필리스에게는 회생의 기회를, 다저스에게는 2번 연속 아쉬운 결과가 되는 판정이었다.

"우우웅!"

"말도 안 돼."

"분명히 돌아갔다고!"

다저스의 팬들이 야유와 함께 거친 목소리를 냈지만 판정은 변하지 않았다.

하워드는 배트를 가볍게 옆으로 던지고는 여유 있는 걸음걸이로 1루를 점령했다.

그리고 1루 주자였던 어틀리 역시 자연스럽게 2루로 진루하며 노아웃 1, 2루 상황이 만들어졌다.

안타 하나면 9회까지 이어진 동점의 균형이 무너질 위기였다.

하지만 벤치에서는 투수 교체를 위한 그 어떤 움직임도 보이지 않고 있었다.

민우는 그런 토리 감독의 판단에 고개를 끄덕였다.

'젠슨의 구위가 나쁜 건 아니니까. 오히려 좋다고 할 수 있지. 그저 운이 나빴을 뿐.'

구석구석을 찔러 들어가는 젠슨의 공은 평소보다 더 좋아 보였다.

하지만 야구는 실력에 운이 버무려지는 스포츠였다.

'그저 운이 나빴을 뿐. 가끔은 이런 날도 있는 거지. 워스만 잘 넘기면 될 것 같은데……'

가볍게 몸을 푼 민우가 자세를 낮췄고, 마운드에서 공이 뿌려지기 시작했다.

슈우욱!

팡!

"스트라이크!"

"볼!"

"파울!"

"파울!"

"볼!"

"파울!"

어틀리나 하워드와는 달리 워스의 배트는 젠슨의 공에 거침없이 돌아갔다.

3개의 파울 타구는 좌우를 가리지 않고 쏘아졌고, 그럴 때마다 양 사이드를 지키는 야수들이 자리를 박차고 튀어 나갔다가 되돌아오기를 반복했다.

아웃 카운트를 하나도 잡지 못한 채, 이미 투구 수는 20개에 도달해 있었다.

그제야 다저스의 더그아웃에서 무언가 움직임을 보이기 시작했다.

잠시 로진백을 매만지던 젠슨이 1루와 2루 주자에게 견제의 시선을 보내고는 빠르게 공을 뿌렸다.

슈우욱!

바깥쪽 낮은 코스로 찔러 들어가는 공이 포수 미트에 꽂히려는 순간.

따악!

약간은 둔탁한 타격음과 함께 타구가 우측으로 높이 솟아올랐다.

제대로 맞은 느낌은 아니었지만, 타구는 힘이 실린 채 워닝 트랙까지 날아가서야 이디어의 글러브에 빨려 들어갔다.

그와 동시에 2루 베이스를 박찬 어틀리가 빠른 속도로 3루로 달려가 몸을 날리며 진루에 성공했다.

워스의 타구는 펜스를 넘지 못했지만 무사 1, 2루 상황을 1사 1, 3루 상황으로 바꾸어놓았다.

이제 필리스로서는 웬만한 플라이 타구만 나온다면 얼마든지 점수를 낼 수 있는 상황이 되었다.

피 말리는 상황이 계속해서 이어지자 관중들은 식은땀이 나는 듯 손을 비비고, 이마를 쓸어 올리며 긴장 섞인 시선으로 그라운드의 상황을 예의 주시하고 있었다.

잠시 호흡을 고른 젠슨의 손에서 다시 한 번 공이 뿌려졌다.

슈우우욱!

홈 플레이트 부근에서 낮게 떨어지는 젠슨의 공에 롤린스의 배트가 큰 반원을 그리며 돌아갔다.

따악!

―엉덩이 빠지면서 건드린 타구! 센터 방면으로 높게 떠오릅니다!

센터 필드로 크게 떠오르는 타구에 민우가 곧장 몸을 뒤로 돌리며 스타트를 끊었다.

하지만 그 얼굴이 마냥 밝지는 못했다.

'잡을 순 있지만… 홈까지는 무리다.'

타구의 낙구 지점은 펜스 바로 앞, 워닝 트랙의 경계 부근이었다.

엉덩이가 빠지면서 타격을 한 것에 비해 배트의 중심 부근에 맞혀서인지 타구는 꽤나 높고, 멀리 날아가고 있었다.

낙구 지점에 미리 도달한 민우의 글러브에 타구가 꽂히자 3루에서 태그 업 플레이를 준비하고 있던 어틀리가 곧장 스타트를 끊었다.

어틀리의 발은 느린 편이 아니었기에 아무리 민우의 어깨가 좋다 하더라도 홈에서 잡는 것은 무리가 있었다.

민우는 빠른 판단과 동시에 홈이 아닌 중계 플레이를 위해 올라온 캐롤에게 빠르게 공을 뿌렸다.

그 모습에 1루 주자는 2루로 향하지 못한 채, 다시금 1루로 돌아가는 모습이었다.

그사이, 어틀리는 선 채로 유유히 홈을 밟으며 전광판의 숫자를 2에서 3으로 바꿔놓았다.

─그사이 3루 주자는 스타트! 홈으로~ 여유 있게 들어옵니다. 한 점을 달아나는 필라델피아 필리스! 스코어는 다시 2 대 3으로 벌어집니다.

9회 초, 결국 점수를 내어주고 마는 모습에 다저스의 팬들이 침묵에 휩싸였다.

이후 젠슨은 7번 타자인 이바네즈를 삼진으로 돌려세우며 이닝을 마무리 지었다.

다저스의 팬들은 더그아웃으로 돌아가는 선수들을 바라보며 9회 말, 기적이 일어나기를 바라고 있었다.

*　　　　*　　　　*

"우아아!!"

"역전이다!"

"살았어!!"

필라델피아에서 조마조마한 심정으로 경기를 지켜보던 필리스의 팬들은 팽팽하던 균형이 깨지는 순간, 일제히 만세를 부르며 서로를 부둥켜안고 환호성을 질렀다.

이대로 마지막 아웃 카운트 3개를 잡고 경기를 마무리 짓는다면 고대하던 챔피언십 시리즈에서의 승리를 따내는 것이었다.

하지만 곧 9회 말, 다저스의 타순이 4번 블레이크부터 이어 지는 것을 확인한 필리스 팬들의 얼굴에는 다시금 긴장감이 맴돌기 시작했다.

그리고 광고가 끝난 뒤, 우려와 기대가 섞인 눈빛으로 TV 중 계방송을 지켜보기 시작했다.

*   *   *

대기 타석에 들어설 준비를 하던 민우는 마운드에 오르는 투수, 릿지를 바라보며 의외라는 표정을 지어 보였다.

'의외네… 첫 경기를 제대로 말아먹은 릿지를 올리는 건 위 험 요소가 너무 많다고 생각했는데. 미래를 위해서인가.'

필리스의 마무리 투수는 누가 뭐래도 릿지였다.

그리고 한 점 차의 승부를 지켜야 하는 상황에서 올라와야 하는 투수가 바로 마무리 투수였다.

하지만 릿지는 이미 지난 1차전에서 최악이라고 할 수 있는 모습을 보여주며 완전히 무너져 내렸다.

2차전에서는 오스왈트가 초반부터 무너지는 바람에 등판 할 기회가 없었다.

오늘 경기에서 매뉴얼 감독은 7회까지 잘 던진 해멀스를 내 리고 8회부터 매드슨을 투입했었다.

그리고 매드슨은 매뉴얼 감독의 기대에 걸맞은 투구로 삼진 2개를 뽑아내며 다저스의 1, 2, 3번 타순을 깔끔하게 돌려 세웠다.

민우는 내심 매뉴얼 감독이 매드슨을 그대로 밀고 가리라 생각했었지만 그 예상과 달리 9회 말, 매드슨의 뒤를 이어 릿지가 등판을 한 것이었다.

민우에게 통한의 홈런을 얻어맞고 무릎을 꿇었던 릿지였으나, 지금은 완전히 회복이 된 듯 평소의 단단한 표정으로 돌아와 있었다.

하지만 겉이 그렇다 할지언정 그 속까지 회복이 된 것인지는 알 수 없었다.

'오늘 경기를 잘 마무리하고 승리를 가져간다면 필리스로서도, 릿지로서도 긍정적인 영향을 주겠지. 하지만… 릿지를 다시 한 번 무너뜨린다면…….'

릿지는 연습 투구를 끝내고 야수들을 한 명씩 바라보며 마음을 다잡는 모습이었다.

고개를 돌려 필리스의 더그아웃을 바라보니, 매뉴얼 감독의 표정에는 알 수 없는 의지가 드러나 있었다.

'아마 그 충격에서 헤어 나오는 것은 쉽지 않을 거다. 한 방. 한 방이면 필리스는 끝이야. 매뉴얼 감독도 그 점을 잘 알고 있으니 저런 얼굴인 걸 테고.'

릿지의 마무리 등판은 현재를 위한 것이기도 하면서도, 다음 시즌까지 염두에 둔 매뉴얼 감독의 결단으로 보였다.

'의도는 대충 알겠는데… 그럴수록 더더욱 무너뜨려야겠지.'

1차전에 이어 오늘도 릿지가 무너진다면 필리스는 3연패를 기록하는 것이었고, 릿지로서는 2경기 연속 블론 세이브를 기록하는 것이었다.

만약 그런 일이 일어난다면 기세를 잃은 필리스와의 4차전은 더욱 수월하게 전개되리라 예상이 되었다.

그런 생각이 들자 민우의 뇌리에 하나의 스킬이 스쳐 지나갔다.

'초감각. 지금 같은 상황에서 더더욱 아껴둘 필요는 없겠지. 일주일에 한 번밖에 사용하지 못하는 스킬이긴 하지만 지금 사용해도 월드 시리즈에서 한 번 더 사용할 수 있기도 하고.'

초감각은 릿지가 자신을 상대로 공을 완전히 빼지만 않는다면 완벽하게 한 방을 먹일 수 있는 적절한 스킬이었다.

지금껏 이 스킬을 사용해 좋지 않은 결과를 본 적은 단 한 번도 없었다.

초감각은 그만큼 확실하고 압도적인 스킬이었다.

슈우욱!

팡!

"스트라이크!"

민우가 생각에 잠긴 사이, 릿지의 초구가 포수의 미트를 강하게 파고들었다.

마치 지난 경기의 악몽은 다 잊어버렸다는 듯, 매섭게 꽂혀 들어가는 릿지의 공은 꽤나 위력적으로 보였다.

민우는 그런 릿지의 투구에 조용히 타이밍을 맞추며 곧 이어질 타석에 대해 만반의 준비를 하기 시작했다.

초구 스트라이크를 잡으며 스타트를 끊은 릿지는 2구에 블레이크의 배트를 유인하는데 성공하며 2스트라이크를 잡아냈다.

하지만 이후 3구와 4구를 내리 종으로 떨어지는 슬라이더를 유인구로 던졌지만 블레이크가 속지 않으며 2볼 2스트라이크 상황이 만들어졌다.

슈우욱!

다시금 릿지의 손에서 뿌려진 공이 이전 2개의 공과 똑같은 궤적을 그리며 다시 한 번 종으로 떨어져 내렸다.

그리고 2번의 공을 잘 참았던 블레이크의 배트가 처음으로 휘둘러졌다.

틱!

허리를 쭉 빼는 듯한 자세로 릿지의 공을 겨우 커트해 낸 블레이크가 흐름을 끊겠다는 듯, 한쪽 발을 배터 박스 바깥으로 빼며 배트를 다잡았다.

―3구 연속으로 떨어지는 공인데요. 블레이크의 배트가 처음으로 딸려 나왔지만 아슬아슬하게 커트해 냈습니다. 같은

공을 똑같은 코스에 3번이나 던지는 릿지 선수의 강단이 돋보이는 모습입니다.

—하지만 3번 연속 이런 공을 뿌렸다는 것은 결국 타자의 눈에 점점 익숙해지는 거거든요. 만약 같은 공을 또다시 뿌린다면 위험할 수도 있어요.

—그럴 수도 있지만 저기서 낙폭을 조금만 조절한다면 의외의 결과가 나올 수도 있지 않을까 하는 생각입니다만. 결과는 지켜봐야 알겠죠. 투수 와인드업!

블레이크가 타석에 들어서 자리를 잡자, 곧장 릿지가 와인드업 자세를 취한 뒤, 강하게 공을 뿌렸다.

슈우우욱!

릿지의 손을 떠난 공은 스트라이크존의 위쪽으로 빠르게 쏘아져 날아갔다.

계속해서 낮은 코스로 떨어지는 공을 뿌리던 릿지가 처음으로 높은 코스의 포심 패스트볼을 선택한 것이었다.

그 공을 늦게나마 판단한 블레이크의 배트가 한 박자 늦게 돌아 나왔다.

따악!

배팅 타이밍이 늦었다는 것을 알리듯 거친 타격음과 함께 블레이크의 타구가 1루를 향해 낮게 쏘아졌다.

타구는 1루수의 바로 앞에서 바운드될 듯 보였다.

1루수인 하워드는 곧장 글러브를 다리 사이로 내리며 공을 맞이할 준비를 마쳤다.

　팟!

　하지만 1초가 채 되지 않는 시간에 하워드의 얼굴은 당황과 굴욕으로 찌푸려지고 말았다.

　그리고 그 이유를 알리듯, 타구가 유유히 외야를 향해 굴러가고 있었다.

　─쳤습니다… 아! 하워드의 다리 사이를 그대로 통과하는 타구! 블레이크의 타구는 그대로 외야로 흘러나갑니다! 1루 방면 강습 타구를 막아내지 못하는 하워드! 그사이 블레이크는 유유히 1루를 밟습니다.

　─공격에서는 제 역할을 해준 하워드 선수인데요. 수비에서는 아쉬운 모습이 나오고 말았네요.

　─속된 말로 알까기라고 하죠. 릿지 선수의 표정이 그리 좋지 않아 보입니다.

　아웃 카운트를 잡았다는 안도감이 순식간에 사라진 릿지의 표정은 허탈 그 자체였다.

　"오오오오!!"

　"예에에!!"

　"나이스 하워드!!"

"너라면 놓칠 줄 알았다!"

순식간에 벌어진 일에 다저스의 팬들이 일제히 자리에서 일어나 환호성을 내질렀다.

1루 측 관중석에 자리하고 있던 팬들은 알까기를 시전한 하워드를 향해 비웃음과 함께 좋지 않은 의미의 박수를 보내고 있었다.

'휘유~ 하워드가 이렇게 또 밑밥을 깔아주는구나.'

하워드는 공격에 비해 수비에서 약점을 보이는 것으로 이미 유명했다.

그런데 하필이면 경기의 승패가 걸린 9회 말, 첫 타자의 타구를 알까기로 흘려 버리는 모습은 그런 약점을 더욱 부각시키는 꼴이었다.

그렇지 않아도 지난 시즌에 비해 공격력이 대폭 감소하면서 필리스 팬들의 비난의 눈초리를 받고 있는 하워드였다.

만약 오늘 경기가 다저스의 승리로 끝이 난다면 이 장면은 두고두고 회자되리라 쉬이 예상이 되고 있었다.

'가볼까.'

부웅! 부웅!

대기 타석을 벗어난 민우가 마치 무력시위라도 하듯 배트를 강하게 휘두르며 타석으로 향하자 다저스타디움에 다시금 환호성과 휘파람 소리가 연신 쏟아지기 시작했다.

휘이이익—!

"강! 강!"

"홈런! 홈런!"

"크게 한 방 날려 버려!"

"오늘도 한방으로 끝내 버리자고!"

"필리스를 지옥으로!!"

배터 박스 앞에서 잠시 멈춰 선 민우가 어머니가 있는 곳을 잠시 바라보며 가볍게 미소를 지어 보였다.

연주 역시 그런 민우를 향해 믿음직스러운 시선을 보냈다.

곧, 배터 박스에 들어선 민우가 자세를 잡으며 가볍게 배트를 휘둘러 보였다.

긴장감이 가득한 상황인 탓인지 필리스의 포수, 루이즈는 한 마디 말도 없이 묵묵히 투수에게 사인을 보내고 있었다.

'한 방에 끝낸다.'

민우 역시 잡생각을 완전히 지워 버리고는 조용히 스킬을 사용했다.

'초감각!'

지잉!

[초감각의 효과가 적용됩니다.]

[파워와 정확 능력치가 30% 상승합니다.]

[체력이 50 소모됩니다.]

'후우.'

스킬을 사용하자 곧장 온몸의 힘이 가볍게 빠져나갔다.

그리고 곧장 빠져나간 것의 배나 되는 힘이 어디선가 솟아
오르는 느낌과 함께 전신으로 퍼져 나갔다.

이제는 익숙해져 가고 있는 그 감각을 잠시 음미하던 민우
의 시선이 마운드 위의 릿지에게로 향했다.

곧 주변의 모든 소음과 감각이 차단되고 릿지가 손과 그 손
이 쥔 공에 민우의 모든 신경이 집중되었다.

'끝내자.'

민우는 온몸의 근육을 자극하며 언제라도 튀어나갈 준비를
마쳤다.

곧 릿지의 고개가 가볍게 끄덕여졌고 1루를 힐긋 바라봤
다.

잠시 뒤, 세트 포지션에서 릿지의 몸이 빠르게 비틀어졌고,
뒤이어 그 팔이 강하게 휘둘러졌다.

슈우우욱!

릿지의 손을 떠난 공이 올곧은 궤적을 그리며 날아오기 시
작했다.

하지만 민우는 무언가를 알고 있다는 듯, 앞다리를 두어번
톡톡 거린 뒤에야 스트라이드를 내디뎠다.

뒤이어 민우의 배트가 매섭게 돌아 나오는 순간, 릿지의 공
이 급격히 아래로 휘어지기 시작했다.

누가 봐도 명백히 스트라이크존의 아래로 크게 빠질 법한 공이었지만 민우가 강하게 내디딘 스트라이드에 미트를 아래로 내민 루이즈의 등골이 서늘해지는 순간.

따아아악!

배트가 땅에 닿을 듯한 골프 스윙과 함께 큼지막한 타격음이 울려 퍼졌다.

"허……."

"하……."

미트를 내밀고 있던 루이즈와 공을 뿌렸던 릿지의 입에서 동시에 허탈한 숨소리가 흘러나왔다.

그 반응은 설마 이 공을 깨끗하게 퍼 올릴 줄 몰랐다는 의미를 담고 있었다.

─퍼 올립니다! 쭉쭉 뻗어가는 타구! 큽니다! 높습니다! 떨어지지 않습니다!

다저스타디움을 가득 메운 푸른 물결이 모두 한 방향으로 시선을 보내기 시작했다.

배트를 쥔 채, 잠시 센터 방면으로 뻗어 날아가는 타구를 바라보던 민우는 의기양양한 표정으로 배트를 옆으로 내던지고는 천천히 걸음을 옮기기 시작했다.

그리고 마치 필리스의 더그아웃에 보라는 듯, 한 손을 들어 하늘을 찌르는 듯한 모습으로 1루 베이스를 지나갔다.

그리고 그런 민우의 행동이 말해주듯, 센터 방면으로 뻗어 가던 타구는 펜스를 훌쩍 넘어 관중석의 중심을 파고들었다.

텅!

타구가 관중석의 바닥을 때리는 묵직한 울림과 동시에 다 저스타디움이 무너질 듯한 환호성이 쏟아져 나왔다.

"우와아아!!"

"예에에에!!"

그리고 그 모두의 기쁨이 담긴 시선은 다이아몬드를 위풍 당당한 걸음으로 돌고 있는 민우에게로 향했다.

―넘어~ 갑니다! 경기를 완벽하게 뒤집어 버리는 끝내기 투런 홈런이 터져 나옵니다!

―4회 말, 인사이드 더 파크 홈런으로 동점을 만들어낸 강 민우 선수가 기어코 끝내기 홈런까지 만들어내며 오늘 경기를 완벽히 지배합니다!

―홈으로 다가가던 강민우 선수가 헬멧을 벗어 던지며 포 효합니다! '내가 바로 강민우다!', '아무도 날 막을 수 없다!', '승 리는 우리의 것이다!' 이렇게 말하고 있는 것 같습니다!

"으아아아!!"

민우가 포효하며 홈 플레이트로 달려들자 그 주위를 둘러

싸고 있던 다저스의 선수들이 물세례와 함께 민우의 온몸을
두들겼다.

"이 괴물 같은 자식!!"

"홈런볼을 몇 개나 처먹은 거야!!"

"크하하하하!"

민우는 미소 띤 채, 그들의 구타를 피해 이리저리 몸을 놀
렸고, 그 뒤를 다저스의 선수들이 빠르게 쫓아가며 기쁨을 나
누었다.

＊　　　　＊　　　　＊

경기가 끝난 뒤, 민우는 밀려드는 기자들과 간단하게 인터
뷰를 끝낸 후, 빠르게 샤워와 환복을 하고는 누구보다 빠르게
라커 룸을 나섰다.

그리고 얼마 지나지 않아 자신을 기다리던 연주와 퍼거슨,
마틴과 조우했다.

"어머니."

민우의 목소리에 고개를 돌린 연주의 표정에는 뿌듯함과
고마움이 한가득 담겨 있었다.

연주는 천천히 민우에게 다가가 몸 이곳저곳을 쓸더니 조
용히 민우를 끌어안으며 그 등을 가볍게 쓸기를 반복했다.

"고맙다."

짧은 말 한마디였지만 여러 가지 의미가 담겨 있는 그 말에 민우 역시 조용히 어머니를 끌어안았다.

"앞으론 제 경기 하나도 안 빼먹고 볼 거죠?"

민우의 물음에 연주가 천천히 팔을 풀며 민우를 향해 미소를 지어 보였다.

"물론이지. 이렇게 멋진 아들이 뛰는 경기를 어떻게 빼먹니? 꼬박꼬박 챙겨봐야지."

"헤헤. 그쵸? 저 너무 열심히 했더니 배고픈데, 오늘 저녁은 뭐예요?"

나이에 어울리지 않는 민우의 애교 섞인 목소리에 연주의 입가에 가벼운 미소가 피어올랐다.

"우리 아들 좋아하는 된장찌개랑 불고기 해놨지. 퍼거슨, 마틴도 같이 식사하시겠어요?"

연주의 물음에 민우가 곧장 퍼거슨에게 식사를 하는 듯한 제스처를 보였고 이미 그 음식을 맛본 경험이 있는 퍼거슨은 반사적으로 고개를 끄덕였다. 그리고 그 반응을 지켜본 마틴 역시 고개를 끄덕였다.

곧 퍼거슨의 차가 가벼운 배기음을 내뿜으며 다저스타디움을 떠났다.

*　　　　*　　　　*

경기가 끝난 뒤, 필라델피아의 지역 언론들은 내셔널리그 챔피언십 시리즈 탈락 위기에 처한 필리스를 바라보며 부정적인 내용의 기사들을 내보내기 시작했다.

〈'영웅'에서 '역적'으로, 하워드. 다저스의 빅 이닝을 만들어준 결정적인 실책.〉

필리스가 실책 하나로 거의 다 잡은 첫 승을 놓치고 말았다.

9회 초, 롤린스의 희생플라이로 팽팽하던 균형을 깨뜨리며 리드를 잡았던 필리스였다. 하지만 9회 말, 하워드의 결정적인 실책에 이어 마무리 릿지가 강민우에게 끝내기 홈런을 얻어맞으며……

〈홈 2연패에 이어 원정 첫 경기도 패배. 할러데이의 3일 휴식 뒤 등판, 벼랑 끝 필리스를 구원할 수 있을까.〉

포스트 시즌에서 에이스를 활용하기 위해 등판 간격을 조정하는 경우는 종종 볼 수 있다.

그리고 1차전 선발투수로 등판했던 할러데이가 3일 간의 짧은 휴식만을 가진 뒤, 다저스와의 4차전에서 다시금 선발 등판한다.

하지만 1차전에서 8이닝을 던진 할러데이가 과연 4차전에서 얼마만큼의 호투를 보일 수 있을지……

그리고 이런 기사를 접하는 필리스의 팬들은 억장이 무너지는 듯한 심정을 느끼고 있었다.

공, 수, 주에서 어느 하나 밀리는 것이 없다는 자부심을 가지고 있던 필리스의 팬들이었다.

때문에 시즌 막판까지 하위권을 맴돌던 다저스를 상대로 챔피언십 시리즈 3연패라는 충격적인 결과를 낸 것에 대해 쉬이 받아들이지 못하는 것은 당연한 이야기였다.

하지만 전문가들은 필리스의 내셔널리그 챔피언십 시리즈 탈락을 기정사실화하는 분위기였다.

불을 뿜지 못하는 공격과 결정적인 실책을 범한 수비, 그리고 지켜야 할 때 지켜내지 못하는 마무리 투수까지.

어느 것 하나도 긍정적인 요소를 찾을 수 없는 필리스였기에 어쩌면 당연한 분석이기도 했다.

그리고 이런 분석들은 필리스를 지지하는 모든 이의 사기를 완전히 떨어뜨리고 있었다.

필리스의 팬 커뮤니티의 분위기는 절망 그 자체였다.

실시간으로 올라오는 게시물은 긍정적인 단어를 손에 꼽을 정도로 암울함을 내포하고 있었다.

　―필리스는 끝났어.

　―할러데이의 체력이 완전히 회복되려면 하루는 더 필요할 거야.

　―우리가 어쩌다 이렇게 된 거지?

─정말 우리가 문제인거야? 상대가 강한 게 아니고?

─우리는 전체적으로 문제가 심각하고, 상대의 결속은 너무 단단해. 우리가 질 수밖에 없는 게임이었다고.

─지금의 필리스는 과거의 필리스가 아니야. 그리고 그건 다저스도 마찬가지야. 우리는 부정적으로, 저 녀석들은 긍정적인 의미로 말이지.

─필리스가 메이저리그 역사에 길이 남을 기록의 희생양이 되다니. 이건 NLCS 탈락보다 더 우울해.

한 팬의 기록을 언급하며 적어둔 기사를 클릭한 필리스의 팬들은 땅이 꺼져라 한숨을 쉴 수밖에 없었다.

메이저리그 홈페이지의 메인 페이지를 장식한 민우의 포효하는 사진과 함께 게시된 하나의 기사는 내셔널리그 포스트 시즌의 주인공은 필리스가 아니라 다저스라는 것을 말해주는 듯했다.

〈'인크레더블!' 강민우. MLB 역사에 이름을 남기다. 필리스와의 NLCS 3차전에서 2홈런을 때리며 PS 6경기 연속 홈런 신기록 달성.〉

메이저리그 9월 돌풍의 주인공, 강민우 선수가 포스트 시즌에서도 최고의 스타로 발돋움했다.

강민우는 필리스와의 NLCS 3차전에서 팀이 0 대 2로 뒤지고 있던 4회 말 인사이드 더 파크 홈런으로 2점을 냈다.

이 홈런으로 강민우는 PS 6경기 연속 홈런이라는 대기록을 달성하며 2004년 벨트란이 기록한 PS 5경기 연속 홈런을 깨뜨렸다.

이런 기록이 더욱 의미가 있는 것은 강민우가 홈런을 때려낸 투수들의 면면이 만만치가…(중략)…9회 말, 끝내기 투런 홈런을 터뜨리며 PS 6경기 7홈런을 기록했다.

이 끝내기 홈런으로 다저스는 3승을 기록하며 월드 시리즈 진출까지 단 1승만을 남겨두게 되었다.

과연 강민우의 홈런포에 힘입어 다저스가 다시 한 번 월드 시리즈 우승을 거둘 수 있을지 그 귀추가 주목된다.

기사가 게시되자 필리스의 팬들을 제외한 나머지 메이저리그 팬들은 새로운 기록의 달성에 열광의 도가니에 빠져들었다.

숱한 이슈를 만들어내는 포스트 시즌 무대였지만 민우의 연속 경기 홈런 기록만큼이나 핫한 이슈는 존재하지 않았다.

그리고 이제 메이저리그 팬들의 관심은 민우의 연속 경기 홈런 기록이 몇 경기까지 이어질지, 민우의 활약과 함께 다저스가 월드 시리즈 우승을 달성할 것인지에 쏠리고 있었다.

＊　　　＊　　　＊

홈에서 당한 2연패의 충격에 크게 휘청거린 필리스였다.

그리고 하루의 휴식 뒤 치러진 원정 첫 경기에서 역전 끝내기 투런 홈런으로 무너진 필리스의 분위기는 회생이 불가능할 정도로 가라앉고 말았다.

특히 3차전은 9회 초까지만 하더라도 승리의 희망을 가지고 있었기에 끝내기 홈런의 충격은 1, 2차전의 패배보다 더욱 크게 다가오고 있었다.

팀의 뒷문을 책임져야 할 릿지의 2개의 블론 세이브.

그리고 3차전 역전 끝내기 홈런에 앞서 뼈아픈 실책으로 주자를 내보낸 하워드.

실책과 홈런으로 인해 가라앉은 것은 팀의 분위기뿐만이 아니었다.

투수진이 호투를 하기 위해서는 결국 수비의 도움이 필수적이었다.

선발투수와 불펜 투수를 가리지 않는 불변의 진리였다.

타선에서 점수를 낸다 하더라도 그 이상의 실점이 이루어지면 팀은 절대로 승리할 수 없었다.

그리고 그 방점을 찍는 것이 마무리 투수의 역할이었다.

수비와 마무리 투수.

필리스는 이 두 가지가 모두 무너지고 말았다.

이 여파는 결국 경기의 반 이상을 책임져야 하는 선발투수에게 엄청난 부담과 압박으로 다가오고 있었다.

리그 10경기에서의 실수는 어느 정도 용납이 가능했지만 월드 시리즈의 운명이 걸린 경기에서의 실수는 단 한 경기, 두 경기에서의 실수라도 그 여파는 상상 그 이상이었다.

더군다나 팀이 단 1승조차 챙기지 못한 상황이었다.

한 시즌을 동고동락하며 쌓아올린 신뢰의 탑이 수비 실책과 블론 세이브로 와르르 무너지고 말았다.

"후우……."

"하아……."

"기죽지 마!"

"아직 끝난 게 아니야. 우린 할 수 있어."

"1승만 하자!"

필리스 선수들은 서로를 위로하고 다독이며 전의를 다지기 위해 노력하고 있었다.

하지만 그들의 마음속에는 이미 3번의 연속된 패배로 인한 패배 의식이 깊게 자리를 잡고 있었다.

어린 선수들이나, 경험이 많은 베테랑들이나 정도의 차이가 있을 뿐, 그런 모습은 변함이 없었다.

그리고 그 패배 의식은 경기의 결과에도 영향을 미칠 수밖에 없었다.

*   *   *

내셔널리그 챔피언십 시리즈 4차전.

9회 초, 2아웃 상황.

다저스타디움의 모든 이들이 자리에서 일어나 휘파람 소리를 내며, 박수를 치며 분위기를 달아오르게 하고 있었다.

그런 모두의 응원이 향하는 곳, 마운드 위에서 가볍게 심호흡을 한 귀홍치가 최후의 1구를 뿌렸다.

슈우욱!

귀홍치의 손을 떠난 공이 일직선을 그리며 포수 미트를 향해 빠르게 날아갔다.

그와 동시에 타석에 서 있던 하워드의 배트가 매서운 바람 소리를 내며 돌아 나왔다.

모두의 시선이 집중된 순간.

마운드 위의 귀홍치는 미소를 지었고, 타석의 하워드는 두 눈을 감고 말았다.

팡!

"스트라이크 아웃!"

챔피언십 시리즈를 마무리 짓는 최후의 삼진 하나가 만들어지며 다저스타디움은 다시 한 번 열광의 도가니로 빠져들어 갔다.

그리고 이런 기쁜 소식은 기자들에 의해 기사로 작성돼 세계 각지로 빠르게 퍼져 나가기 시작했다.

(커쇼, 8이닝 1피안타 12K 무실점 호투. 할러데이는 3.1이닝 5실점. 다저스, NLCS 4연승으로 스윕하며 22년 만의 월드 시리즈 우승에 도전.)

(강민우 2안타 3타점으로 팀 승리 이끌어. PS 7경기 연속 홈런은 아쉽게 무산.)

내셔널리그의 패자가 결정되던 그때, 아메리칸리그 챔피언십 시리즈에서는 진흙탕 싸움이 계속되고 있었다.

각각 디비전 시리즈를 제패하고 올라온 텍사스 레인저스와 뉴욕 양키스가 챔피언십 시리즈에서 맞붙게 되자 많은 이가 양키스의 우세를 점쳤다.

레인저스의 팬들이라면 90년대, 포스트 시즌 무대에서 번번이 발목을 잡은 상대가 양키스라는 것을 잊지 않고 있었다.

96년 첫 포스트 시즌 진출에 기뻐하던 것도 잠시, 양키스를 상대로 포스트 시즌 무대에서 매번 맥없이 무너지며 1차전 탈락의 고배를 마셔야 했던 레인저스였다.

반면 양키스의 팬들은 과거의 기억을 떠올리며 레인저스를 포스트 시즌 자판기 정도로 생각하고 있었고, 이번 ALCS의 우세를 점치고 있었다.

정규 시즌 성적에서 양키스는 95승을, 레인저스는 90승을 거둔 상태였고 디비전 시리즈에서도 양키스는 3승 무패로, 레인저스는 3승 2패를 거두며 올라온 것이 양키스의 자부심을 더욱 끌어 올리고 있었다.

그리고 월드 시리즈 진출의 운명을 건 ALCS 1차전이 치러질 때만 하더라도 이런 양키스 팬들의 예측은 맞아떨어지는 듯했다.

하지만 레인저스는 1차전의 패배를 설욕하듯, 이후 2, 3, 4차전에서 내리 승리를 따내며 순식간에 전세를 뒤집어 버렸다.

이 3경기에서 레인저스가 25점을 내는 동안 단 5점의 실점만을 내어주며 양키스의 타선을 꽁꽁 묶어버린 레인저스였다.

하지만 명가는 쉽게 무너지지 않는다는 듯, 양키스는 5차전에서 승리를 따내며 반전의 발판을 마련했다.

그리고 다저스가 월드 시리즈 진출을 확정지은 바로 다음 날.

ALCS 6차전 경기는 월드 시리즈의 문턱에 누가 더 애가 닳고 닳았는지를 알려주는 듯 했다.

양키스의 선발투수로 나선 필 휴즈가 4.2이닝 4실점으로 무너졌고, 뒤이어 오른 불펜이 곧장 피홈런을 허용하며 레인저스에 완전히 기세를 내어주고 말았다.

레인저스는 7, 8번 타순을 제외한 모든 타자가 1안타씩 기록하며 몹시 단합된 모습을 보였고, 그 결과는 6 대 1의 대승으로 나타났다.

시리즈 전적 4승 2패.

텍사스 레인저스의 창단 첫 ALCS 진출에 이은 첫 월드 시리즈 진출의 역사가 쓰인 날이었다.

다저스의 팬들로서는 지난 시즌 월드 시리즈 우승 팀인 양키스보다 상대적으로 약팀으로 꼽히는 레인저스를 상대하게 되었다는 것에 안도하는 이들이 적지 않았다.

하지만 그런 양키스를 무너뜨리고 월드 시리즈에 올라온 만큼 만만치 않은 상대가 될 것이라는 예측을 하는 이들도 부지기수였다.

월드 시리즈의 향방에 대한 다양한 추측들이 나오는 사이, 다저스는 6일이라는 기나긴 휴식을 끝내고 월드 시리즈 무대를 맞이했다.

제2장

월드 시리즈

　월드 시리즈는 올스타전에서 승리한 리그에 소속된 팀이 1, 2, 6, 7차전에서 홈구장을 사용하는 어드밴티지를 획득한다.

　이는 흥행과 동시에 선수들의 올스타전에 대한 의욕을 고취시키기 위해 지난 2003년부터 시행된 제도였다.

　이런 제도가 생겨난 이래, 상위권에 소속된 팀의 선수들은 올스타전의 승리를 가져가기 위해 진심으로 최선을 다하는 모습을 보이곤 했다.

　올스타전 전적을 살펴보면 역대 전적은 그리 큰 차이를 보이지 않지만 최근 전적은 눈에 띄게 한쪽으로 쏠린 모습을 보이고 있다.

LA다저스가 소속된 내셔널리그는 최근 13년간 치러진 올스타전에서 1무 12패라는 치욕적인 역사를 기록하고 있었다.

오죽하면 '올스타전에서 아메리칸리그가 이겼다는 소리를 듣는 것도 지겹다'라는 우스갯소리까지 있을 정도였다.

이와 같은 올스타전 결과는 아메리칸리그가 내셔널리그보다 강한 리그라는 인상을 심어주기에 충분한 결과였다.

아메리칸리그가 강세를 보이는 것은 인터리그를 보면 더욱 확실히 알 수 있었다.

2004년부터 2010년까지 치러진 인터리그에서 내셔널리그는 아메리칸리그에 789승 975패를 기록하며 0.447의 승률을 기록하며 약세를 보여 왔다.

인터리그가 시작된 1997년 이후부터 살펴보아도 내셔널리그가 우세를 가졌던 것은 단 4시즌에 불과했다.

하지만 올 시즌, 내셔널리그는 올스타전에서 아메리칸리그를 3 대 1로 꺾으며 처음으로 월드 시리즈 홈 어드밴티지를 가져오게 되었다.

덕분에 LA다저스의 선수들은 챔피언십 시리즈를 마무리 지었던 홈에서 편하게 휴식을 취하고 월드 시리즈 홈 어드밴티지의 혜택을 받아 익숙하디 익숙한 홈구장에서 1, 2차전을 치르게 되었다.

*　　　*　　　*

레인저스는 양키스를 꺾고 4일간의 달콤한 휴식을 취했다.

하지만 4일이라는 시간은 리그 경기와 포스트 시즌에서의 피로를 모두 풀기에는 부족한 감이 있었다.

메이저리그 선수들에게는 너무나도 익숙한 원정 경기였지만 이미 100경기가 넘는 리그 경기를 치르며 피로가 누적된 선수들에게 약 1,200마일을 날아가야 하는 원정 길은 고되기 그지없었다.

그동안 강세를 보였던 올스타전에서 아메리칸리그가 패배하면서 불리한 여건에서 월드 시리즈에 임해야 하는 레인저스 선수들의 표정에는 피곤함이 역력했다.

최고만이 오를 수 있는 무대인 월드 시리즈에서도 실책이 나오는 경우는 비일비재했고, 100%의 몸 상태가 아닌 상황에서 실책이 나올 확률은 더더욱 높았다.

특히나 전통적으로 타선 중심의 팀이었던 레인저스는 수비력에서 리그 하위권에 맴돈다는 평가를 받을 정도로 수비에는 강점을 보이지 못하고 있었다.

이미 레인저스가 월드 시리즈 진출을 확정 지은 이후, 레인저스의 전력을 다시금 분석한 자료들을 토대로 코치진은 선수들에게 중요한 점들을 인식시키며 훈련에 임했다.

하지만 경기 당일에 어떠한 변수가 생길지는 그 누구도 알 수 없었다.

그렇기에 살아남기 위해서는 선수 스스로도 다양한 변수에 대해 대비하고 분석해야만 했다.

민우는 그런 점들을 상기하며 선수에 대한 정보부터 시작해 경기에 영향을 줄 만한 사소한 요소까지 빠짐없이 관찰하고 있었다.

그리고 경기 시작 전, 더그아웃 안에서 레인저스 선수들의 면면을 유심히 살펴보던 민우는 그들의 얼굴에 빠짐없이 자리 잡은 피로의 그늘을 확인할 수 있었다.

'확실히 홈 어드밴티지가 좋긴 좋네. 다들 피로에 절어 있어.'

꽤나 밝은 표정으로 농담을 주고받는 다저스의 선수들과 달리, 똑같이 농담을 주고받는 레인저스 선수들은 입이 웃고 있음에도 그 면면에 자리한 피로마저 숨길 수는 없었다.

'수비가 탄탄한 1루와 2루에 비해 3루와 유격수 쪽은 큰 구멍이야. 확실히 오늘 경기는 바깥쪽 공을 과감히 밀어 쳐도 되겠어. 피로가 누적됐다는 건 결국 반응 속도에도 영향을 주게 마련이니까.'

오늘 코치진의 주문은 간단했다.

'3루를 공략하라.'

'볼넷을 주기 싫어하는 리의 특성을 적극적으로 이용하라.'

그리고 이런 분석은 경기 초반부터 제대로 먹혀들어 가기 시작했다.

2회 말.

슈우욱!

따악!

"와아아!"

따악!

"예에!"

따악!

"우와아아!"

깔끔한 타격음이 울릴 때마다 다저스타디움의 관중석에서는 신난 목소리의 환호성이 터져 나왔다.

4번 블레이크의 안타를 시작으로 5번 민우의 안타에 이어 6번 켐프의 1타점 적시타로 노아웃 주자 1, 3루가 만들어졌다.

안타를 치고 출루했던 민우는 켐프의 안타로 여유 있게 3루를 밟으며 코치와 주먹을 맞댔다.

그런 민우의 얼굴에는 조그마한 미소가 피어오르고 있었다.

'역시. 피로로 인해서 구위나 제구력이 이전만 못해.'

그리고 그런 모습은 민우뿐 아니라 1루에 자리한 켐프, 그리고 더그아웃에서 자신의 차례를 기다리고 있는 선수들과 코치진들도 비슷했다.

—아~ 3연속 안타를 허용하며 첫 실점을 내어주는 클리프 리. 벌써 투구 수가 30개를 넘어섭니다.

—1회를 공 8개로 깔끔하게 막아 세운 그 선수가 맞는지 궁금할 정도네요. 분명 구위나 제구에는 별 차이가 없거든요. 다저스의 타선이 저희가 보지 못하는 무언가를 보고 있는 걸까요?

—음. 아무래도 리 선수의 공격적인 투구가 원인이 아닐까 싶습니다.

—공격적인 투구라면… 스트라이크존을 공략하는 것을 말씀하시는 건가요?

—예. 전적을 보면 올 시즌, PS 3경기에서 24이닝 13안타 2실점을 기록했던 리 선수인데요. 이 기간 동안 볼넷은 단 한 개만을 내어주면서 삼진을 34개나 뽑아내는 진기록을 세웠습니다. 3경기 연속 10개 이상의 삼진을 뽑아냈다는 거거든요.

—그러고 보니 리 선수가 했던 이야기가 떠오르네요. 볼넷으로 출루를 허용할 수는 없다고 했었죠?

—예, 맞습니다. 그리고 그것을 가능하게 하는 것이 바로 홈 플레이트 앞에서 방향을 바꾸는 커터와 투심 패스트볼을 꼽을 수 있는데요. 디비전 시리즈와 챔피언십 시리즈에서 쏠쏠한 재미를 보았던 이 두 구종을 다저스의 타자들이 적극 공략하고 있는 것이 지금의 결과를 만들어냈다고 할 수 있겠습니다.

리가 가장 많이 던지는 투심 패스트볼의 평균 구속은 92마일에 불과했다.

그런데 오늘, 피로 누적으로 인해 칼 같은 제구력에 빈틈이 생겼고, 스트라이크존에 꽂아 넣는 스타일인 리의 특성상 타자들이 과감히 배트를 휘두를 수 있었던 것이었다.

슈우욱!

따악!

7번 타자인 바라하스의 타구가 센터 필드로 높게 떠오르자 민우는 곧장 3루 베이스로 돌아가 베이스를 디뎠다.

그리고 우익수인 블라디미르 게레로의 글러브에 공이 빨려 들어감과 동시에 빠르게 스타트를 끊었다.

―3루 주자 태그 업! 게레로가 홈을 향해 강하게 공을 뿌립니다! 빨랫줄 같은 송구는 그대로 홈으로! 홈에서! 홈에서!

타다다닷!

충분히 홈을 밟을 수 있을 정도로 깊은 타구였지만, 게레로의 어깨가 만들어낼 변수를 생각한 민우는 홈을 밟을 때까지 근육을 바짝 조이며 긴장의 끈을 늦추지 않았다.

그리고 그런 민우의 선택이 틀리지 않았다는 듯, 바람을 가르는 소리가 들려오자 민우는 고민 없이 홈 플레이트를 향해 몸을 날렸다.

촤아아악!

팍!

간발의 차로 홈 플레이트를 터치한 민우의 몸에 포수의 미트가 와 닿았다.

주심은 곧장 양팔을 좌우로 벌리며 세이프를 선언했다.

—세이프! 세이프입니다! 추가 득점에 성공하는 다저스!

—와~ 정말 아슬아슬했습니다. 다른 선수였다면 충분히 잡힐 법한 엄청난 송구였는데, 강민우 선수의 발도 만만치 않았습니다. 레인저스로서는 조금은 아쉽겠습니다.

민우는 가슴팍을 물들인 흙을 가볍게 털어내며 테리엇과 하이파이브를 나누며 고개를 돌려 게레로를 바라봤다.

게레로는 민우를 잡지 못한 것을 아쉬워하듯 글러브를 구깃거리며 헛바닥을 내밀고 있었다.

그 모습에 민우는 조금 전의 송구가 뇌리를 스치며 등골이 오싹해졌다.

'원조 괴수의 위엄인가. 워닝 트랙 바로 앞에서 노 바운드 송구라니.'

능력치의 도움을 받아 수없이 보살 플레이를 만들었던 민우였다.

하지만 조금 전의 송구는 민우가 생각하기에도 너무나 무시무시한 송구였다.

'게레로의 컨디션이 정상이었다면 죽었을지도 몰라. 이것도 홈 어드밴티지라고 봐야겠지.'

만 35살의 나이와 원정 경기로 인한 피로는 왕년의 괴수를 천천히, 조금씩 인간으로 만들어가는 중이었다.

이후, 리는 실점에 대한 울분을 토하기라도 하는 듯, 테리엇과 커쇼를 상대로 2개의 삼진을 뽑아내며 더 이상의 추가 실점을 허용하지 않았다.

양 팀 선발투수인 커쇼와 리가 모두 포스트 시즌에서 대활약을 보였기에 많은 이들이 1차전이 투수전으로 흘러가리라 예상했었다.

하지만 그런 예상은 2회부터 리가 흔들리는 모습을 보이며 조금씩 빗나가기 시작했다.

반면 커쇼는 4회 초까지 2루타 하나만을 허용한 채, 무려 6개의 삼진을 뽑아내며 마치 포스트 시즌의 신이 강림한 듯한 압도적인 모습을 보이고 있었다.

그리고 이런 커쇼의 위력투는 레인저스의 강타선을 물타선으로 만들고 있었다.

리는 2회 말의 2실점을 만회하듯 3회 말을 삼자범퇴로 돌려세우며 투구 수를 줄이고 한숨을 돌렸다.

하지만 4회 말, 리에게 다시금 위기가 찾아왔다.

슈우욱!

리의 손에서 뿌려진 공이 블레이크의 몸 쪽을 파고들었다.

그 급격한 궤적 변화에 빠르게 배트를 돌리던 블레이크의 미간이 찌푸려졌다.

딱!

공이 배트의 스위트 스폿을 벗어나 훨씬 안쪽에 부딪히며 배트가 쪼개지는 듯한 소리가 울려 퍼졌다.

동시에 낮게 쏘아진 타구가 3루 방면으로 튕겨 나갔다.

그 모습에 블레이크가 배트를 내던지며 1루를 향해 빠르게 달려가기 시작했다.

─배트 부러집니다! 타구는 낮게 바운드되며 3루로!

자세를 낮추고 있던 영은 느리게 굴러오는 타구에 곧장 앞으로 달려가며 글러브를 내리깔았다.

그리고 타구가 가볍게 튀어 오르는 순간, 글러브를 말아 쥐며 반대쪽 손을 글러브 안으로 집어넣던 영의 표정이 당황스러움으로 물들어갔다.

─아~ 흘렸습니다! 그사이 전력 질주를 했던 블레이크는 1루

를 밟으며 미소를 짓습니다.

　─올 시즌 핫코너를 맡아 잊을 만할 때마다 결정적인 실책을 보였던 영인데요. 하필이면 오늘, 다시 한 번 폭탄이 터지고 말았습니다. 리 선수의 표정이 가볍게 일그러집니다.

　빠르게 달려온 유격수, 앤드루스가 공을 집어 들었지만 이미 블레이크는 1루를 밟은 뒤였다.

　그 모습에 다저스의 팬들이 환한 미소를 지은 채, 박수를 치고 있었다.

　순식간에 벌어진, 너무나도 황당한 실수에 레인저스 더그아웃의 분위기는 차갑게 식어버렸다.

　타이밍이 너무 좋지 않았다.

　겨우 다잡은 흐름을 이어가도 모자를 판에 다저스에서 가장 무서운 타자, 민우의 앞에 주자를 적립해 주었다.

　그리고 민우는 이번 기회를 놓칠 생각이 전혀 없었다.

　'리의 투심과 커터는 무시할 수 없어. 하지만 1회에도 때려 냈던 공이야. 지금이 오늘 경기를 가를 분수령이 될지도 모른다. 이럴 때 필요한 건 역시, 집중력이겠지.'

　투심 패스트볼과 커터를 완벽히 던지는 투수만큼 상대하기 까다로운 투수는 없었다.

　특히 리처럼 커맨드가 뛰어난 선수는 더더욱 그러했다.

　하지만 지금의 리는 영의 실책으로 인해 멘탈이 흔들린 상태였다.

그리고 그 영향은 결국 제구 난조로 이어질 확률이 높았다.

'유리한 건 이쪽이야. 죽이 되든 밥이 되든 제대로 한 번 휘둘러보자고.'

민우는 타격에 임하기 전에 최대한 리의 신경을 거슬리게 만들려 노력했다.

부웅! 부웅!

민우는 배터 박스 앞에서 강하게 배트를 휘두르며 무력시위를 보였다.

그리고 강하게 퍼 올리는 듯한 민우의 쉐도우 스윙은 모두의 눈에 언제든지 홈런을 날릴 수 있다는 듯이 보이고 있었다.

"킹 캉! 킹 캉!"

"홈런! 홈런!"

"가자!!"

"월드 시리즈에서도 홈런 쳐야지!"

민우의 파워풀한 쉐도우 스윙에 이은 홈 팬들의 열광적인 응원은 마운드 위의 리를 크게 압박하고 있었다.

민우의 과격한 몸 풀기에 공을 쥔 리의 손에 가볍게 힘이 들어갔다.

'여기서 더 실점할 수는 없어. 하지만 저 녀석은 만만히 볼

수 있는 상대가 아니야.'

포스트 시즌 6경기 연속 홈런의 주인공.

무려 7개의 홈런포를 쏘아 올린 주인공이 바로 지금 타석에 들어선 민우였다.

타자에게 공을 뿌려야 하는 투수의 입장에서 민우만큼 껄끄럽고 부담스러운 상대는 존재하지 않았다.

하지만 리 역시 그 누구에게도 지지 않을 자신이 있는 투수였다.

스스로의 공에 자신이 있었고, 자신의 공을 믿으며 이루어 낸 결과는 빛이 났다.

디비전 시리즈를 지나 챔피언십 시리즈까지.

24이닝 2실점이라는 기록은 허투루 쓰인 것이 아니었다.

리는 자신이 써 내려간 기록을 되새기며 마음을 다잡았다.

'지금까지 기록은 내가 옳다는 걸 말해주고 있어. 타자를 두려워하는 것은 곧 볼넷을 내어주는 것이고, 볼넷은 곧 실점으로 가는 지름길이다.'

리의 뇌리에는 조금 전, 3루수인 영의 어이없는 실책이 지워지지 않고 남아 있었다.

자신의 실수로 실점을 한 것에 이미 멘탈에 금이 가 있던 리는 같은 팀인 영의 어이없는 실책 하나로 호흡이 다시금 흐트러지고 말았다.

민우와 같이 파워와 정확을 겸비한 타자일수록 정면 승부보다는 유인구로 정타를 피하는 것이 적절한 대응법이라 할 수 있었다.

하지만 한 번 무너진 동료에 대한 신뢰는 쉬이 회복되지 않고 있었다.

그리고 그렇게 무의식에 자리 잡은 생각들로 인해 리의 판단은 민우를 상대로 자신의 공을 뿌리는 방향으로 기울어갔다.

'나의 공을 던진다. 그러면 잡을 수 있어. 지금껏 해왔던 대로 하면 돼.'

그런 생각과 함께 고개를 들자 민우의 입가에 자리 잡은 비릿한 미소가 시야에 들어왔다.

마치 잡을 수 있으면 잡아보라는 듯한 그 시선에 리의 자존심에 큼지막한 스크래치가 생겼다.

'여태껏 상대했던 투수들과 날 동일시하는 건가.'

지금껏 포스트 시즌에서 자타공인의 강타자들을 상대해왔던 리였다.

그리고 지금까지 단 한 타자도 자신에게 홈런을 때리지 못한 채, 무기력하게 돌아섰었다.

그리고 지금, 타석에 다시 한 번 자신을 이길 수 있다고 생각하는 타자가 들어섰다.

그 미소를 무너뜨리고 싶었다.

크게 헛스윙을 하며 좌절하는 표정을 보고 싶었다.

그런 마음과 함께 리의 팔 근육이 두껍게 부풀어 올랐다.

'반드시 잡아주마.'

부욱. 부욱.

손에 쥔 공을 부서뜨릴 듯 문지르던 리는 포수의 사인을 확인하고는 천천히 투수판을 밟았다.

하지만 리가 깨닫지 못하는 것이 있었다.

그 역시 지금껏 상대했던 타자들과 민우를 동일 선상에 놓는 우를 범하고 있다는 사실이었다.

그리고 멘탈을 다잡기 위해, 자신감을 끌어올리던 것이 어느덧 점점 과해지며 오기로 바뀌어가고 있다는 것도 모르고 있었다.

민우는 리의 표정이 무섭게 변하는 것을 놓치지 않고 미소를 더욱 짙게 지어 보였다.

'바로 먹혀들어 갔네. 후후. 이럴 때일수록 기회는 더욱 다가오는 법. 집중하자.'

민우의 비릿한 미소는 타석에 들어서기 전에 보였던 스윙과 마찬가지로 계산에서 나온 것이었다.

그리고 바로 지금, 리의 반응은 그것이 보기 좋게 먹혀들어 갔다는 것을 말해주고 있었다.

멘탈이 흔들리고 흥분한 투수의 공만큼 타자에게 달콤한 것은 없었다.

하지만 이럴 때일수록 집중력이 더욱 중요했다.

가끔 한가운데로 오는 실투를 타자가 제대로 때리지 못하는 것도 결국 집중력의 부재가 문제인 것이었다.

민우는 빠르게 잡생각을 지우며 리의 손에 모든 신경을 집중했다.

1루에 나간 블레이크는 리의 신경을 흩뜨리기 위해서인지 마치 도루를 할 것처럼 상체를 불규칙적으로 흔들며 민우를 돕고 있었다.

리는 정면으로 보이는 블레이크의 움직임을 잠시 뚫어져라 바라봤다.

그렇게 잠시 타이밍을 재던 리가 홈으로 고개를 돌림과 동시에 빠르게 공을 뿌렸다.

슈우우웍!

리의 손에서 떠난 공이 일직선의 궤적을 그리며 민우의 몸쪽 낮은 코스를 파고들었다.

하지만 민우는 그 공을 끝까지 바라볼 뿐, 배트를 휘두르지 않았다.

팡!

미트의 공이 꽂힘과 동시에 포수인 몰리나가 미트를 스트라이크존 안쪽으로 움직였다.

동시에 주심의 어깨가 움찔거렸지만 끝내 그 팔은 올라오지 않았다.

초구는 볼이었다.

잠시 발을 푼 민우는 리를 바라보며 회심의 미소를 지어 보였다.

　'포심이었다면 스트라이크였을 거야. 하지만 나한테 포심을 던지긴 어렵겠지.'

　이번 포스트 시즌 때 리의 투구에서 포심 패스트볼의 비율은 5퍼센트가 채 되지 않았다.

　더군다나 그 구속이 90마일 초반을 맴돌고 있었다.

　경기의 향방을 가릴 수 있는 중요한 상황에서 포심 패스트볼에 강한 민우에게 포심을 던지는 것은 너무나도 위험한 도박이었다.

　그리고 리를 포스트 시즌 무적의 투수로 만들어준 공이 커터와 투심 패스트볼이라는 것도 민우의 이런 판단을 돕고 있었다.

　'이번엔 어떤 공이냐. 투심이냐, 커터냐.'

　투수판을 밟으며 1루를 바라보는 리의 모습에 민우가 천천히 자세를 낮췄다.

　1루에선 블레이크가 다시금 움찔거리며 리의 신경을 건드렸고, 리의 몸도 그런 블레이크의 움직임에 반응하듯 아주 살짝 움찔거리는 것이 느껴졌다.

　하지만 곧, 리의 고개가 홈을 향해 돌아갔고 뒤이어 뒤로 당겨졌던 그의 팔이 앞으로 휘둘러졌다.

　슈우우욱!

한가운데 낮은 코스를 찌를 듯 날아오는 공의 모습에 민우의 두 눈이 강렬하게 빛났다.

'투심!'

민우의 두 눈에 빨간 실밥 두 줄이 선명하게 각인되고 있었다.

그리고 민우는 본능에 충실하게 따랐다.

반사적으로 강하게 내디딘 스트라이드를 따라 허리가 매섭게 돌아갔고, 뒤이어 묵직한 파공음을 내며 배트가 공의 예상 탄착 지점으로 튀어나왔다.

민우의 매서운 스윙에 모두의 시선이 집중된 순간.

따아아악!

큼지막한 타격음이 다저스타디움의 그라운드를 타고 크게 울려 퍼졌다.

그와 동시에 민우가 체중을 실어 제대로 당겨 친 타구가 우측 외야의 하늘을 뚫을 듯 높이 솟아올라 날아가기 시작했다.

다저스타디움을 가득 메운 모든 이의 고개는 민우가 때려낸 타구를 따라 하늘 위로 들어 올려졌다.

민우는 잠시 자신이 때린 타구를 바라보다가 배트를 옆으로 던지며 천천히 다이아몬드를 돌기 시작했다.

마운드 위의 리는 그런 민우의 뒷모습을 허탈하게 바라보고 있을 뿐이었다.

―2구! 끌어당긴 타구! 우측으로! 높게! 멀리! 볼 것도 없습니다! 타구는 그대로 우측 관중석의 상단으로 사라집니다! 월드 시리즈 첫 번째 홈런은 강민우 선수의 손에서 만들어집니다!

―그 누구도 발을 떼지 못할 정도로 엄청난 비거리의 타구가 만들어졌습니다. 우익수는 그저 제자리에서 바라만 볼 뿐입니다! 포스트 시즌 무적의 투구를 이어가던 리 선수도 강민우 선수의 질주를 막을 수는 없었습니다.

―마치 투심 패스트볼을 기다리고 있었다는 듯이 정확하게 스위트 스폿에 맞추면서 맞는 순간 홈런임을 직감할 수 있는 타구였습니다.

―마치 디비전 시리즈와 챔피언십 시리즈에서 리에게 무릎을 꿇었던 타자들에게 리는 이렇게 무너뜨리는 거라고 말해주는 듯하네요.

"우와아아아아아!!"
"역시 강이다!!"
"강이 있는 한 우리는 무적이다!!"
"이대로 우승까지 가자!"

팬들의 환호성에 화답하듯 민우는 예의 키스 세리머니를 보였고, 일순간 얇은 비명 소리가 관중석 이곳저곳에서 울려 퍼졌다.

리의 수난은 여기서 끝이 아니었다.

민우의 홈런에 크게 흔들린 리에게 켐프는 자비를 베풀지 않았다.

따아아악!

민우의 뒤를 이어 타석으로 들어선 켐프가 리의 초구를 그대로 퍼 올리며 큼지막한 타격음이 다시 한 번 울려 퍼졌다.

그리고 빠른 속도로 날아가던 타구는 힘을 잃지 않은 채, 좌측 펜스를 넘어 관중석으로 파고들었다.

─낮은 공 높게 퍼 올렸는데요! 갑니다! 갑니다! 이 타구 그대로! 좌측 펜스! 넘어~ 갑니다! 켐프 선수의 백 투 백 홈런! 켐프 선수도 월드 시리즈 홈런 레이스에 동참합니다! 월드 시리즈 두 번째 홈런!

─강민우 선수에게 지지 않겠다는 듯한 호쾌한 스윙으로 홈런을 날려 보내는 켐프 선수입니다! 리 선수에게 숨 쉴 틈조차 주지 않는 홈런 한 방이 켐프 선수의 손에서 터져 나옵니다! 아~ 이건 큽니다~

민우의 홈런이 터진 지 채 1분이 지나지 않아 다시금 터진 켐프의 홈런에 다저스타디움은 열광의 도가니로 빠져들어 갔다.

쏟아져 내리는 다저스 팬들의 흥분 섞인 환호성은 레인저스 선수들의 어깨를 너무나도 무겁게 하고 있었다.

그냥 3실점이 아니었다.

어이없는 실책에 이은 홈런, 그리고 백 투 백 홈런으로 인한 3실점이었다.

아웃 카운트는 여전히 하나도 잡지 못한 채 0을 유지하고 있었다.

만약이라는 가정은 의미가 없는 것이었지만 레인저스 선수들의 뇌리에는 그 만약이라는 가정이 계속해서 떠나지 않았다.

만약 영의 어이없는 실책이 아니었다면 리가 흔들리지 않았을 것이다.

그리고 분위기도 완전히 넘어가지 않았을 것이다.

그런 생각이 계속해서 레인저스 선수들의 머릿속에 맴돌고 있었다.

그리고 그런 부정적인 생각들이 결국 레인저스 선수들의 경기력을 급격히 떨어뜨리고 말았다.

리가 하위 타순인 7번 바라하스에게까지 안타를 얻어맞자 레인저스에서는 결국 일찌감치 교체 카드를 꺼내 들었다.

리는 투수 코치에게 공을 건네며 마운드를 내려갔다.

모자를 깊게 눌러쓴 채, 고개를 들지 못하고 있는 그의 모습은 레인저스의 오늘 경기 결과를 미리 말해주는 듯했다.

더그아웃에서 그 모습을 바라보던 민우는 회심의 미소를 지어 보였다.

'리가 무너진 데다 타선은 커쇼에게 압도를 당하고 있으니… 레인저스로서는 고민이 많아질 거야.'

타격의 팀이라 불리는 만큼, 레인저스는 타격에 비해 투수진의 무게감이 조금은 떨어지는 편이었다.

포스트 시즌 3경기를 완벽히 책임져 주었던 리를 무너뜨린 다저스 타선의 힘은 레인저스 벤치에 큰 충격으로 다가올 것이 분명했다.

'여기서 만족해선 안 돼. 찍어 누를 때 완전히 찍어 눌러야 회복하는데 더 시간이 걸릴 테니까. 한 방을 더 날려줬으면 좋겠는데.'

그런 생각과 함께 민우의 시선이 마운드로 향했다.

리의 뒤를 이어 마운드에 오른 투수는 우완 사이드암 투수, 대런 오데이였다.

정규 시즌 2점 초반의 방어율을 기록하며 불펜의 한 축을 담당했던 오데이를 내보냈다는 것은 레인저스가 이 경기를 포기하지 않겠다는 의미이기도 했다.

하지만 그런 의도가 무색하게 오데이는 자신에게 주어진 임무에 긴장한 기색이 역력했다.

그리고 그런 지나친 긴장은 좋지 않은 결과를 불러오고 있었다.

8번 타자인 테리엇에게 안타를 허용하며 무사 1, 2루 상황을 맞이한 오데이는 9번 커쇼를 삼진으로 돌려세우며 잠시 한숨을 돌렸다.

 하지만 1번 타자인 캐롤의 배트는 3번째 타석을 맞이해 불을 뿜었다.

 슈우욱!

 밋밋하게 휘어지는 싱커는 캐롤에게 그저 느린 공일 뿐이었다.

 따아아악!

 "우와아아아!"

 또 하나의 타구가 높이 솟아오르는 모습에 다저스타디움은 더욱 더 진한 흥분으로 물들어갔다.

 —캐롤! 강하게 퍼 올린 타구! 좌측으로 높게 떠서 날아갑니다! 1타점! 2타점! 3타점!! 그대로 펜스를 넘어가는 스리런 홈런이 터졌습니다! 그 누구도 예상치 못했던 캐롤 선수가 큼지막한 홈런으로 오늘 경기의 승리에 완벽하게 쐐기를 박습니다!

 —캐롤 선수가 오늘 경기를 완전히 가져오는 축포를 쏘아 올리네요! 투수 교체 카드가 완벽히 실패하면서 워싱턴 감독은 쓴웃음을 짓고 있는 모습입니다!

캐롤이 다이아몬드를 돌아 더그아웃으로 돌아오자 다저스의 선수들이 몸소 더그아웃 앞까지 뛰어나와 그를 맞이했다.

"캐롤!"

"이게 도대체 무슨 일이야!"

"와하하핫!"

"이게 모두 홈런볼의 힘이다! 모두 숭배해라!"

그 와중에 언제 챙겼는지 포장을 뜯지 않은 홈런볼을 들고 나타난 기븐스의 모습에 민우가 고개를 절레절레 저으면서도 피식 웃어 보였다.

'푸핫! 이제 광신도 다되셨네.'

그리고 그들의 모습을 잡던 중계 카메라가 기븐스의 손에 들린 홈런볼을 클로즈업하면서 자연스레 홈런볼은 최고의 홍보 효과를 누리게 되었다.

리에 이어 오데이마저 와르르 무너지는 모습에 레인저스 선수들의 낯빛이 더욱 어두워졌다.

특히나 캐롤은 메이저리그 통산 홈런이 10개를 갓 넘기는 수준의 펀치력을 소유하고 있었다.

그런데 그런 캐롤마저 홈런을 때려냈다는 것은 레인저스에게 민우의 홈런만큼이나 큰 충격으로 다가오고 있었다.

더그아웃에 팔을 걸친 채, 턱을 기대고 있던 워싱턴 감독이 허탈한 미소를 지으며 고개를 젓고 있었다.

더 이상의 추가 실점을 막기 위해 선택한 카드가 완벽히 파

훼 당했다는 것은 결국 그 선수를 투입한 감독의 실책이라고
도 할 수 있었다.

명장이라 불리는 워싱턴 감독이었지만, 오늘 경기만큼은 가
망이 없다는 생각을 떠올릴 수밖에 없었다.

8점이라는 점수 차.

그리고 레인저스의 타선을 완벽히 틀어막고 있는 차세대 에
이스, 커쇼의 구위는 너무나도 압도적이었다.

레인저스의 선수들은 마치 의욕을 잃은 듯, 무기력한 스윙
을 계속했다.

원정 경기로 인한 피로에 더해 계속된 실점으로 인한 박탈
감이 선수들의 몸과 마음을 잠식하고 있었다.

의욕을 잃은 이들이 역전을 꿈꿀 수는 없는 법.

이후 경기는 너무나도 심심하게 흘러가고 말았다.

9회 초 2아웃 상황.

슈우우욱!

커쇼의 손에서 뿌려진 공이 높게 떠올랐다가 이내 잡아당
긴 듯한 모습으로 뚝 떨어져 내렸다.

부웅!

오늘 결정적인 실책을 저질렀던 2번 타자, 영의 배트가 크
게 허공을 가르며 무기력한 바람 소리를 냈다.

팡!

포수 미트가 둔탁한 소리를 내뱉음과 동시에 다저스타디움이 떠나갈 듯한 환호성이 쏟아져 나왔다.

"와아아아!!"

"이겼다아아!!"

"완봉승이야!"

"다저스는 세계 최고다!!"

그렇게 승리가 결정되는 순간, 다저스의 선수들은 그 함성 소리를 온몸으로 받으며 서로를 향해 축하의 인사를 나누며 온몸으로 기쁨을 표현했다.

최종 스코어 10 대 0.

양대 리그의 최고를 가리는 월드 시리즈의 첫 경기치고는 너무나도 심심한 결과였다.

커쇼는 9이닝 무실점 2피안타 16K를 기록하며 첫 승을 완봉으로 장식했고, 다저스는 불펜 자원을 온전히 아낄 수 있었다.

반면 리가 3이닝 5실점으로 무너진 이후 오데이를 시작으로 5명의 불펜 투수를 투입하며 소모전을 벌이고 말았다.

투수 자원이 그리 튼튼한 편이 아닌 레인저스로서는 이후 경기에 따라 투수 운용에 어려움을 겪을 수도 있는 상황이었다.

레인저스의 선수들은 원정 경기에서 그 누구의 응원도 받지 못한 채, 축 처진 어깨를 펴지 못하며 쓸쓸히 호텔로 돌아가야 했다.

$$*\qquad*\qquad*$$

다저스는 바로 오늘, 월드 시리즈 1차전에서 승리하면서 포스트 시즌 8연승이라는 대기록을 달성하며 메이저리그 역사에 다저스의 팀 이름을 새겨 넣었다.

다저스가 PS 8연승을 기록하기 이전까지, 역대 PS 최다 연승 기록은 2007년 콜로라도 로키스가 세운 7연승이 최고 기록이었다.

사실 1차전이 시작되기 이전, 이슈 만들기를 좋아하는 팬들 사이에서는 챔피언십 시리즈 전승의 저주를 언급하며 다저스가 월드 시리즈 우승에 실패할지도 모른다는 추측을 하고 있었다.

그리고 이런 추측은 아무런 근거가 없이 생겨난 것은 아니었다.

1985년, 챔피언십 시리즈가 7전 4선승제로 운영되기 시작한 이래 첫 4전 전승을 기록한 것은 1988년 오클랜드가 최초였다.

하지만 월드 시리즈 무대에서 1승 4패로 준우승에 머무르며 챔피언십 시리즈 전승의 저주가 시작되었다.

1990년, 오클랜드는 다시 한 번 챔피언십 시리즈를 스윕하며 월드 시리즈의 문을 두드렸지만 결과는 4연패로 다시 한 번 탈락의 쓴맛을 보아야 했다.

이후 1995년, 애틀랜타 브레이브스가 챔피언십 시리즈 스윕 이후 월드 시리즈 무대에서 4승 2패를 기록하며 우승을 거두면서 저주는 낭설로 돌아가는 듯했다.

하지만 2006년에는 디트로이트가, 2007년에는 로키스가 챔피언십 시리즈를 스윕한 뒤, 월드 시리즈 우승의 문턱에서 무릎을 꿇으며 저주의 수렁에 빠지고 말았다.

이로 인해 챔피언십 시리즈 전승의 저주가 다시 한 번 이슈가 되기도 했었다.

이후 챔피언십 시리즈를 스윕한 팀이 나오지 않으며 메이저리그 팬들의 뇌리에서 잠시 잊혔던 저주는 다저스가 디비전 시리즈와 챔피언십 시리즈를 연속으로 스윕하며 7전 전승을 기록하자 다시금 수면 위로 올라오기 시작했다.

사실 이런 저주의 배경에는 긴 휴식이라는 양날의 검이 있었다.

챔피언십 시리즈를 4연승으로 끝낸 팀은 월드 시리즈에서 상대할 상대 팀이 정해질 때까지 긴 휴식을 취해야 했다.

그런데 이 긴 휴식이 선수들의 체력을 회복시키는 데는 일조했지만, 오래도록 실전을 뛰지 못하면서 경기 감각을 감퇴시키는 결과로 이어지고 말았다.

결국 긴 휴식이 1차전의 향방을 가르며 우승 팀까지 가르게 되었고, 이것이 호사가들에 의해 저주로 발전하게 된 것이었다.

챔피언십 시리즈를 스윕한 뒤, 유일하게 월드 시리즈에서 우승을 차지한 애틀랜타 브레이브스가 1차전 승리와 함께 월드 시리즈 우승을 차지하면서 이런 주장을 뒷받침했다.

그리고 바로 오늘, 다저스는 월드 시리즈 1차전을 대승으로 장식하면서 챔피언십 시리즈 전승의 저주를 물리치고, 월드 시리즈 우승을 향한 1부 능선을 가뿐하게 넘어섰다.

이에 메이저리그의 팬들은 다저스가 레인저스를 완벽히 누르고 1차전에서 승리를 차지하자 최초의 포스트 시즌 전승 우승 팀이 나오는 것이 아닌가 하는 추측까지 꺼내기 시작했다.

제3장
전승 우승을 향한 거침없는 행보

다음 날.

1차전 대패의 충격을 채 지우지 못한 채 경기에 임한 레인저스의 선수들의 움직임은 여전히 둔했다.

다저스는 빌링슬리를, 레인저스는 C. J. 윌슨을 2차전 선발로 내세웠다.

윌슨은 지난 시즌까지 불펜 투수로 활약하다가 올 시즌 선발투수로 전향한 케이스였다.

그리고 첫해부터 팀 내 최다 승인 15승과 200이닝을 돌파하며 코칭스태프의 기대에 부응하는 모습을 보였다.

하지만 그의 문제는 선발투수로 전향한 첫해라는 것이었다.

8월까지 호투를 보이던 윌슨은 9월 이후, 점점 힘이 빠지는 듯, 한 경기 걸러 한 경기 꼴로 호투와 강판을 거듭했다.

총 6번의 선발 등판 중, 퀄리티 스타트를 기록한 경기가 단 2번에 불과할 정도로 불안한 모습을 보이며 레인저스 팬들의 우려를 샀다.

그리고 이런 모습은 포스트 시즌에서도 계속되었는데 디비전 시리즈에서는 호투를 하며 나아진 모습을 보였지만, 챔피언십 시리즈에서는 조기에 강판을 당하며 다시금 불안한 모습을 내비쳤다.

하지만 워싱턴 감독은 그런 윌슨을 거르지 않고, 로테이션대로 오늘 경기에서 등판을 시켰다.

그리고 윌슨의 등판 때마다 포수 마스크를 썼던 트레노는 오늘 경기에서도 벤지 몰리나를 대신해 포수 마스크를 쓰며 윌슨의 공을 받게 되었다.

워싱턴 감독의 믿음에 부합하듯 윌슨은 4회까지 무실점 호투를 보였다.

매 이닝 안타를 허용하고 있기는 했지만, 연속 안타를 허용하지 않으면서 큰 위기는 넘기고 있는 중이었다.

하지만 그 투구 수가 늘어갈수록 구속과 무브먼트가 눈에 띄게 둔해지고 있었다.

슈우욱!

딱!

"아웃!"

1번 타자인 캐롤을 유격수 앞 땅볼로 돌려세우며 아웃 카운트 하나를 채운 윌슨의 이마에는 땀이 송골송골 맺혀 있었다.

5회 말, 1아웃을 잡아둔 상황.

두 바퀴를 돌아 다시금 1번 타자를 상대하기 시작한 윌슨의 커맨드가 흔들리기 시작했다.

슈우욱!

팡!

"베이스 온 볼스!"

"베이스 온 볼스!"

2번 타자인 이디어와 3번 로니에게 연속으로 볼넷을 내어주며 주자 1, 2루 상황이 만들어지자 트레노가 곧장 마운드로 향했다.

"볼이랑 스트라이크의 차이가 너무 커. 어디 불편한 데라도 있어?"

"전혀. 난 처음이랑 똑같아."

윌슨은 트레노의 걱정에 가볍게 미간을 찌푸리며 대답했다.

결정구와 유인구의 차이가 적으면 적을수록 유인구로 써먹는 공의 위력이 배가되고 타자의 배트를 더 쉽게 끌어낼 수 있다는 것은 투수인 그도 잘 알고 있었다.

"오케이. 그럼 이번 이닝만 잘 막자고."

툭!

트레노는 윌슨의 신경을 거슬리지 않게 하기 위해서인지 가볍게 응원의 말을 내뱉으며 윌슨의 어깨를 두드리고는 마운드를 내려갔다.

윌슨은 그런 트레노의 뒷모습을 잠시 바라보다가 야수들의 얼굴을 하나하나 바라봤다.

그러자 머릿속에 자연스럽게 어제의 장면이 떠오르기 시작했다.

'내가 믿어야 하는데.'

3루수인 영의 실책을 시작으로 폭발을 시작한 다저스의 타선은 결국 10점을 뽑아내고 나서야 멈춰 섰다.

레인저스 선수들이 아직까지 타격감을 되찾지 못하고 있는 것처럼, 다저스의 선수들은 언제라도 어제처럼 폭발할지 모를 일이었다.

하지만 부정적인 생각은 투구에 도움이 될 수 없었다.

'한 시즌을 동고동락한 동료를 믿어야지. 누굴 믿겠어. 믿어보자.'

윌슨은 가볍게 고개를 털고는 로진백을 매만지며 마음의 안정을 찾으려 노력했다.

대기 타석에 들어서며 윌슨과 트레노를 바라보는 민우의 눈 빛이 예리하게 빛나고 있었다.

'불안해하고 있구나.'

어제 경기에서 실책에 이은 대패가 오늘의 레인저스에게도 영향을 주고 있는 것이 민우의 눈에 보이고 있었다.

그리고 마운드 위에 선 윌슨에게서 그런 모습이 가장 도드 라지게 드러나고 있었다.

1사 1, 2루 상황.

안타 한 방이면 어제 경기에 이어 다시 한 번 다저스가 0의 균형을 먼저 깨뜨릴 수 있는 기회였다.

'기왕이면 나한테까지 차례가 왔으면 좋겠는데.'

병살타를 때리지만 않는다면 쌓아둔 주자를 불러들일 수 있는 기회가 올 것이었다.

만약 어제에 이어 레인저스에게 다시 한 번 한 방을 먹일 수 있다면 그 충격을 원정 경기인 3차전까지 이어갈 수 있으 리란 생각이 들었다.

'실책 하나가 더 나와 주면 좋겠고 말이지.'

민우가 그런 생각을 하는 사이, 블레이크의 배트가 빠르게 돌아갔다.

따악!

하지만 기대했던 모습과 달리 탁한 타격과 함께, 약간 밀린 듯한 타구는 낮게 바운드되며 3루 방면으로 튕겨 올랐다.

마치 어제와 같은 양상을 보이는 그 모습에 레인저스의 선수들 사이에 일순 긴장이 흘렀다.

그리고 가장 긴장한 것은 어제 대패의 원흉으로 지목된 영이었다.

그리고 그런 긴장이 화를 불러오고 말았다.

1차전 때와 달리 영은 앞으로 나서지 않은 채, 제자리에서 글러브와 반대쪽 손을 벌린 채 공을 맞이할 준비를 하고 있었다.

블레이크의 느린 발을 생각하면 서두를 필요가 없다는 판단에서였다.

가볍게 한 번 바운드된 타구가 영의 바로 앞에서 두 번째 바운드를 일으켰다.

하지만 야구의 신은 다시 한 번 영을 저버리고 말았다.

툭!

'헉!'

만발의 준비를 하며 바운드될 타구를 기다리던 영의 수비가 무색하게 예상보다 크게 튀어 오른 타구가 영의 팔목 부분을 때리며 가볍게 옆으로 튕겨 나갔다.

'젠장! 젠장!'

영은 속으로 욕설을 내뱉으면서도 옆으로 굴러간 타구를 맨손으로 집어 곧장 2루를 향해 뿌렸다.

하지만 그 잠깐의 버벅임은 1루 주자가 2루에 들어서기에 충분한 시간을 만들어주고 말았다.

―낮게 바운드된 타구! 아! 잡지 못합니다! 재빨리 공을 주워 2루로 뿌립니다만… 이미 늦었습니다.

―불규칙 바운드가 되는 바람에 한 번에 잡아내지 못했고, 이것이 결국 독이 되고 말았습니다. 이제 주자는 만루가 됩니다.

―사실 이 타구는 제대로 잘 잡았다면 완벽한 병살타 코스였거든요. 이닝이 끝났어야 하는 부분인데… 레인저스로서는 너무나도 아쉬운 상황이 발생하고 말았습니다.

―영 선수가 3루 수비가 엄청나게 좋은 선수는 아니거든요. 하지만 이런 공을 놓치는 것은 정말 아니라고 할 수 있겠습니다.

―무조건 잡아내야 하는 타구였죠.

―영 선수가 월드 시리즈에 들어서 2번의 실책을 범하게 되었는데, 정말 범하지 말아야 할 실책들을 범하고 있습니다.

―여기서 잘 막는다면 다행이겠지만… 타석에 들어서는 이 선수, 다저스에서 가장 무서운 타격감을 가진 선수입니다. 강민우 선수가 타석에 들어서고 있습니다.

블레이크의 타구가 내야에서 바운드되는 모습에 머리를 감싸 쥐었던 다저스의 팬들은 영의 실책과 함께 만루가 만들어지는 모습에 순식간에 환한 미소를 지으며 만세를 불렀다.

"와아아아아!"

"됐어!!"

"만루다!!"

"너흰 이제 끝이야!"

"강!! 오늘은 만루 홈런 가자!!"

"레인저스 녀석들을 밟아버려!"

반면, 1차전에 이어 두 게임 연속으로 실책을 범하는 영의 플레이로 인해 레인저스의 분위기는 차갑게 가라앉았다.

더그아웃에서 모든 장면을 지켜본 코칭스태프의 얼굴은 한결같이 굳어져 있었다.

그리고 그라운드에 선 채, 허탈한 표정을 짓고 있는 선수들도 힘이 빠지기는 마찬가지였다.

하지만 이 상황이 가장 지옥 같은 것은 두 경기 연속 실책을 범하며 위기를 자초한 영이었다.

'젠장! 왜 하필이면 이 타이밍에……'

상황이 너무 좋지 않았다.

4회까지 잘 던져 주던 윌슨이 이번 이닝에 들어 크게 흔들리고 있었다.

다저스는 서서히 흐름을 타고 있었고, 그 타순은 4번 블레이크에 이어 5번 민우로 이어지는 핵타선이었다.

자책을 하는 것도 잠시, 영의 시선이 자연스럽게 마운드 위의 윌슨에게로 향했다.

로진백을 매만지는 윌슨의 얼굴은 붉게 상기된 채, 딱딱하게 굳어져 있었다.

그의 심기가 불편하다는 반증이었다.

'빌어먹을······.'

이대로 그라운드 밖으로 도망치고 싶었다.

지금의 실책이 불러올 결과가 너무나도 두려웠다.

메이저리그에서 10년간 산전수전을 겪었던 영이었지만 첫 월드 시리즈 무대라는 압박감은 그 경험이 무색하게 그를 어린아이로 만들고 있었다.

그리고 그의 실책은 바이러스처럼 선수단 전체를 잠식하기 시작했다.

타석에 들어서던 민우는 과도한 긴장으로 인해 딱딱하게 굳어진 레인저스 야수진의 얼굴을 발견하고는 가볍게 미소를 지었다.

'저런 상태라면 실책이 더 나오지 않기도 힘들겠지.'

적당한 긴장은 긴밀한 반응을 이끌어 좋은 수비를 만들지만, 과도한 긴장은 근육을 경직되게 만들고, 그것이 결국 부자연스러운 움직임을 이끌어 실책을 유발하기 쉬웠다.

'윌슨도 마찬가지겠지. 교체는 없는 건가?'

힐긋 레인저스의 더그아웃을 바라보니 워싱턴 감독은 예의 그 자세로 난간에 기대에 있을 뿐이었다.

더그아웃이 분주하게 움직이고 있긴 했지만 아직까지 교체 의사는 없어 보였다.

'아무래도 두 경기 연속 선발투수가 강판을 당하는 건 투수력이 빈약한 레인저스에겐 부담이 되겠지.'

이미 전날, 불펜을 풀가동하며 소모전을 펼친 레인저스였다.

이틀 연속 불펜진을 투입하는 것은 이후 치러질 3차전에서 부담이 크리라는 판단을 내린 것으로 보였다.

더군다나 아직까지 기록상으로는 무실점을 기록하고 있는 윌슨이었기에 그를 믿어볼 심산인 것 같았다.

'뭐… 나야 나쁠 건 없지. 오히려 윌슨에게 점수를 내는 게 레인저스에게 타격이 더 클 테니까. 확실하게 가보자.'

첫 타석에 들어섰을 때 확인했던 윌슨의 멘탈 수치는 67에 불과했다.

덕분에 '투기 발산' 스킬의 성공률은 30%였다.

한 경기에 단 한 번만 사용할 수 있는 스킬이었지만, 상황이 상황이니만큼 지금이야말로 스킬을 사용하기에 가장 적당한 시기였다.

'가보자. 투기 발산!'

지잉—

[투기 발산의 효과가 성공적으로 적용되었습니다.]
[윌슨의 구속과 제구 능력치가 10% 하락합니다.]

'오케이!'

약 3분의 1의 확률이었지만, 결과는 완벽히 성공이었다.

그렇지 않아도 제구가 흔들리고 있는 데다 정신적인 충격이 큰 윌슨이었기에 '투기 발산'의 효과까지 적용된 지금, 그 공의 위력은 크게 반감될 것이다.

이제 민우가 해야 할 일은, 최고의 타격을 하는 것뿐이었다.

모든 준비를 끝마친 민우가 곧장 타격 자세를 취했다.

휘이이익—!

관중석에서는 일부 팬들이 흥분에 찬 얼굴로 휘파람을 불며 민우의 힘을 돋우고 있었다.

윌슨은 그런 휘파람 소리가 거슬린다는 듯, 포수의 사인을 보면서 미간을 움찔거렸다.

곧 사인 교환을 마친 듯, 윌슨이 투수판을 밟으며 1루를 향해 몸을 틀었다.

그리고는 키킹과 함께 뒤로 당겼던 팔을 강하게 휘둘렀다.

슈우욱!

윌슨의 손에서 공이 떠나는 순간, 그의 두 눈이 크게 떠지는 것이 민우의 시야에 잡혔다.

하지만 민우의 기대와 달리, 윌슨의 공은 홈 플레이트 앞에서 바운드되며 볼이 되고 말았다.

팍!

포수인 트레노가 급히 몸을 낮추며 공이 뒤로 흐르는 것을 온몸으로 막아냈고, 홈으로 달려들던 이디어가 급히 3루로 되돌아가며 아쉬움을 표했다.

트레노는 주심에게 새로운 공을 받아 윌슨에게 던져 주며 진정하라는 듯한 제스처를 보였다.

그 제스처에 놀란 기색이 채 가시지 않은 윌슨이 고개를 끄덕여 보였다.

'내가 너무 긴장을 했나?'

민우가 자신에게 스킬을 적용했을 거라고는 꿈에도 생각하지 못하는 윌슨이었기에, 조금 전의 공이 그저 긴장한 탓에 나온 실투라고 생각하고 있었다.

민우는 그런 윌슨이 모습에 씨익 웃어 보였다.

'슬라이더의 구속이 82마일이라…… 이번 이닝에 던졌던 것보다 3마일 가까이 떨어졌어.'

경기 초반에 비해 이미 2마일 가까이 떨어졌던 슬라이더는 '투기 발산'의 효과로 인해 거의 5마일 가까이 하락한 모습이었다.

윌슨은 손을 옷에 비비더니 공을 반짝거리지 않을까 싶을 정도로 문지르고 나서야 사인을 교환하기 시작했다.

'그렇게 열심히 비벼봐야 결과는 같겠지만.'

잠시 애도를 표한 민우는 가볍게 숙였던 허리를 들어 올리는 월슨의 모습에 잡생각을 지우며 배트를 다잡았다.

곧, 와인드업과 함께 월슨의 손에서 강하게 공이 뿌려졌다.

슈우우욱!

그리고 그 순간, 무엇인가 잘못되었다는 듯, 월슨의 두 눈이 이전보다 더욱 크게 떠졌다.

하지만 월슨에게는 이미 손을 떠난 공을 되돌릴 능력이 없었다.

월슨의 공은 너무나도 적나라하게 스트라이크존의 한가운데로 날아가고 있었다.

그 모습에 민우의 입가에 진한 미소가 지어졌다.

한가운데로 던져진 공을 놓칠 민우가 아니었다.

곧장 앞 다리를 강하게 내디디며 축을 세웠고, 뒤이어 허리가 빠르게 돌아갔다.

마지막으로 그 뒤를 따라 배트가 무서운 속도로 돌아 나와 모두가 기다렸던 그 소리를 내뿜었다.

따아아악

너무나도 큼지막한 타격음이 다저스타디움을 찾은 모든 이의 귓가를 파고들었다.

다저스에게는 희망을, 레인저스에게는 절망을 선사하는 소리였다.

공을 뿌렸던 윌슨은 멘탈이 박살 난 듯, 우측으로 높이 뻗어가는 타구를 바라보며 멍한 표정을 짓고 있었다.

민우는 배트를 타고 느껴지는 아주 미미한 진동에 입꼬리를 말아 올리고는 천천히 다이아몬드를 돌기 시작했다.

그리고 그 뒤로 수만의 푸른 물결이 크게 출렁이는 것이 보이고 있었다.

─2구! 당겼습니다!! 우측!!! 펜스를~ 넘어~ 갑니다!! 그랜드~ 슬램! 강민우 선수의 월드 시리즈 두 번째 홈런이자, 첫 번째 만루 홈런이 만들어졌습니다!

─이야~ 정말 엄청난 파워입니다. 도대체 윌슨 선수는 왜 저런 공을 던진 걸까요? 거의 한가운데로 들어가는, 구속도 느리고 아주 밋밋한 공이었거든요. 손에서 빠졌던 걸까요?

─이미 초구가 크게 빠지며 불안한 모습을 보였던 윌슨이었는데요. 레인저스로서는 너무나도 타격이 큰 홈런이 터지고 말았습니다. 결국 영 선수의 실책으로 끝내지 못한 이닝이 다저스에게는 빅 이닝을 만드는 시발점이 되고 말았고, 레인저스에게 만루 홈런이라는 끔찍한 결과로 돌아왔습니다.

─사실 그 전에 인터뷰에서 올 시즌, 월드 시리즈 우승이라는 당찬 목표를 밝혔던 강민우 선수인데요. 지금까지 너무나도 멋진 활약으로 자신의 말을 제대로 실천하고 있는 모습입니다.

―그리고 지금의 홈런으로 본즈가 기록하고 있던 포스트 시즌 8경기 홈런 기록과 타이기록을 만들게 됩니다. 그리고 홈런 개수로는 새로운 기록을 만들었습니다.

　―와~ 정말 대단합니다! 아직 남은 경기가 최소 2경기가 있는데요. 8경기를 뛰어넘는 또 하나의 새로운 기록이 만들어질 수도 있다는 거군요?

　―예. 그렇습니다. 기록 파괴자라는 별명에 걸맞게 그 질주는 월드 시리즈에서까지 계속 이어지고 있는 모습입니다.

　다이아몬드를 돌아 홈 플레이트를 밟는 민우를 향해 선행 주자였던 이디어, 로니, 블레이크가 일제히 달려들었다.

　"역시 넌 뭔가 달라!"

　"너라면 이번에 한 방 날릴 줄 알았어!"

　"잘했다!"

　팡팡!

　탁탁!

　"악!"

　헬멧을 때리고 등을 두드리는 그 손길에 민우가 이리저리 몸을 피하며 더그아웃으로 도망쳤다.

　하지만 그 앞에 펼쳐진 것은 피난처가 아니라 주먹을 비비며 미소를 짓고 있는 동료들이었다.

　"아하하……."

민우가 포스트 시즌 9개째의 홈런을 기록하며 새로운 기록을 만들어서인지, 민우가 더그아웃으로 사라진 이후에도 팬들의 환호성과 박수 소리는 끊이지 않고 계속되었다.

　그리고 잠시 뒤, 민우가 더그아웃에서 다시 모습을 드러냈다.

　헬멧을 들어 올려 환호에 보답하는 민우의 모습에 팬들은 더 큰 목소리로 연신 환호성을 더했다.

＊　　　＊　　　＊

　〈다저스, 파죽의 2연승. 월드 시리즈 우승까지 '2승'〉
　LA다저스가 텍사스 레인저스를 홈에서 격파하며 월드 시리즈 우승까지 2승을 남겨뒀다.

　LA다저스는 홈인 다저스타디움에서 열린 월드 시리즈 2차전에서 이틀 연속 무실점 승리를 거두며 2승째를 챙겼다.

　이날 빌링슬리는 8이닝을 던지며 4개의 피안타를 허용했지만 단 한 점의 점수도 허용하지 않으며······.

　〈'킹 캉' 강민우, 그랜드슬램으로 팀 우승 견인. '가을의 전설' 본즈의 PS 8경기 홈런 기록과 어깨 나란히.〉
　강민우는 LA에 위치한 다저스타디움에서 열린 레인저스와의 월드 시리즈 2차전에서 0 대 0으로 맞서던 5회, 상대 선발인 윌슨을 강판시키는 만루 홈런을 터뜨렸다.

이 홈런은 팀 타선의 폭발을 알리는 홈런이자 메이저리그에서 강민우가 또 하나의 역사를 새로 만드는 홈런이었다.…(중략)…메이저리그 역사상 단일 시즌 PS 최다 홈런 경기는 2002년 배리 본즈가 기록한 8경기였다. 강민우 선수는 오늘 홈런으로 인해 8경기에서 홈런을 기록하며 이 기록과 타이를 이루었다.

하지만 홈런 개수로만 따지면 본즈는 8개를 기록한 반면, 강민우는 9개를 기록하며 본즈에 한 개를 더 앞서 또 하나의 새로운 기록을 만들었다고…….

*   *   *

포스트 시즌 8경기 9홈런이라는 또 하나의 기록이 만들어지자 다저스 구단은 경기 후 기자회견장에 수훈 선수인 빌링슬리와 민우를 내보냈다.

경기 내용에 대한 몇 가지의 인터뷰가 오고간 뒤, 끝없이 쏟아지는 질문은 이제 마지막을 향해 가고 있었다.

"이제 텍사스로 원정 경기를 떠나 3, 4, 5차전을 치러야 하는데요. 원정 경기에서도 홈에서와 같은 멋진 활약을 기대해도 되겠습니까?"

기자들의 질문에 민우의 입가에 가벼운 미소가 피어올랐다.

"물론 홈과 원정은 차이가 있을 겁니다. 다저스타디움에는 저희를 응원하는 팬이 수만 명이었던 반면, 레인저스 볼 파크인 알링턴에는 저를 물고, 뜯고, 씹어 먹고 싶은 이가 수만 명이 있을 테니까요."

민우의 능청스러운 대답에 기자단 사이에서 가벼운 웃음소리가 흘러나왔다.

그들의 웃음소리를 들으며 잠시 뜸을 들인 민우는 곧 의지가 담긴 눈빛으로 기자들을 바라봤다.

"레인저스의 선수들은 뛰어납니다. 그들이 우리의 홈에서 고전을 면치 못했듯, 우리도 그들의 홈에서 고전할지도 모릅니다. 하지만, 그렇다고 해도 달라지는 것은 없을 것입니다. 왜냐하면 우리 선수들은 이기는 법을 알고 있기 때문입니다. 그렇기 때문에 홈으로 되돌아오지 않겠습니다. 저희는 레인저스의 홈에서 월드 시리즈 우승 트로피를 들어 올릴 것입니다."

민우가 당돌한 포부를 밝히는 모습에 기자들의 두 눈이 크게 떠지며 웅성거림이 일었다.

어찌 보면 너무나도 오만하고 건방진 느낌을 주는 멘트였다.

하지만 그 멘트를 뱉은 이가 바로 민우라는 사실이 기자들에게 불쾌함 대신 알 수 없는 기대감을 갖게 만들고 있었다.

기자들은 너 나 할 것 없이 노트북을 두드리며 민우의 말을 빠르게 적어 내려갔다.

＊　　　＊　　　＊

메이저리그 홈페이지를 통해 생중계된 그 인터뷰를 본 수많은 팬은 일제히 입을 쩍 벌리며 민우를 향해 박수를 보냈다.

―워어어어. 한결같네. 월드 시리즈 우승!

―역시 갓민우!

―개인의 기록은 중요하지 않다면서 다 이루어 버린 포스가 있어서 그런가. 월드 시리즈도 한 방에 우승시켜 줄 것만 같은 아우라가 느껴진다. 믿음직스러워!

―와~ 왜 저렇게 멋지냐ㅋㅋ 진짜 남자가 봐도 반하겠다.

―그런데 홈에서야 어드밴티지가 어느 정도 있어서 레인저스를 발랐다고 해도… 원정에서는 조금 걱정이네. 2연패 당한 상황이라 레인저스 분위기 장난 아니잖아.

―그거야 그렇긴 하지만… 언제 민우가 홈이랑 원정 가려서 때렸냐. 기록만 봐도 답 나오잖아. 민우는 원정에서 1할 떨어져도 남들보다 1할이 높다고ㅋㅋㅋㅋㅋㅋ

―민우가 있어서 외야 수비도 별 걱정이 없다. '알링턴 볼파크'가 타자 친화적인 구장으로 유명하지만, 민우라면 어떤 타구도 다 잡아주겠지! 오히려 민우에겐 기회라면 기회 아닐까? 인사이드 더 파크 홈런 한 개 더 뽑아줄 지도 몰라!

─그것도 그건데, 다저스가 지금 벌써 포스트 시즌 9연승이
잖아. 이거 이러다가 정말 무패 우승 가는 거 아닌가 몰라?
─크으~ 상상만 해도 소름 돋는다.

팬들 역시 민우의 당찬 포부에 오히려 다저스의 월드 시리
즈 우승이 현실이 되는 것이 아닌가 하는 기대감을 가지고 있
는 모습이었다.

과연 민우가 다저스를 메이저리그 최초의 월드 시리즈 최초
의 무패 우승으로 이끌 것인가에 대한 관심까지 커져갔다.

그리고 하루의 짧은 휴식일이 지나고, 모두의 시선이 월드
시리즈 3차전이 치러질 레인저스의 홈구장, 레인저스 볼 파크
인 알링턴으로 향했다.

*   *   *

텍사스 레인저스의 홈구장인 레인저스 볼 파크 인 알링턴
은 메이저리그에서 대표적인 타자 친화 구장으로 유명했다.

그 이유는 넓디넓은 그라운드와 짧은 잔디, 그리고 깊은 펜
스도 한 몫을 했지만 홈에서 우중간 방면으로 부는 제트 기
류 때문에 평범한 플라이 볼도 둥둥 떠서 펜스를 넘어가기 때
문이었다.

이런 연유로 땅볼 유도 능력이 뛰어난 싱커볼러들에게 유리

한 구장이기도 했다.

여기에 우측과 달리 좌측 펜스의 높이가 6미터에 달했지만, 타구가 펜스를 넘어가는 것을 막아내는 데에는 그리 효과가 없다는 평을 받고 있었다.

이런 구장의 특성상, 레인저스 투수진의 방어율이 그리 높은 것도 어느 정도는 이해가 되는 부분이었다.

그라운드의 잔디를 가볍게 뜯어 흩날린 민우의 고개가 가볍게 끄덕여졌다.

'자료에 나온 대로 홈에서 우중간으로 부네. 타격도 타격이지만, 수비에서 더 많이 뛰어야 될지도 모른다는 소리니까… 코치님 지시보다 위치를 조금 더 뒤쪽으로 옮겨야겠어.'

센터 필드의 우중간 방면은 중견수인 민우가 커버해야 할 부분이었기에 민우는 만전에 만전을 기하고 있었다.

"여어~ 풍향 조사는 잘 되고 있나?"

그렇게 확인을 마치고 손을 털고 있을 때, 뒤쪽에서 익숙한 목소리가 들려왔다.

고개를 돌려보니 기브스가 환한 미소를 지은 채 민우를 향해 다가오고 있었다.

민우는 가볍게 어깨를 으쓱하고는 기브스에게로 다가갔다.

"뭐 잘 아시다시피, 메이저리그에서 가장 쉬운 게 풍향 체크 아닙니까. 벌써 다 끝났죠."

민우는 이미 전력 분석원이 전해준 자료를 통해 경기가 열리는 시간의 기온, 습도, 풍향, 풍속 등의 상세한 자료들을 전달받은 상태였다.

하지만 그 바람의 방향이라는 것이 수시로 바뀌는 것이었고, 그 미묘한 차이가 홈런과 플라이를 가른다는 것을 잘 알고 있었다.

더군다나 습도나 기온과 달리 가볍게 확인해 볼 수 있는 것이 풍향이었기에 평소처럼 풍향을 재차 확인하고 있는 것이었다.

"그렇지? 하하! 뭐, 홈런 타자가 아닌 나야 그 미묘한 차이가 별로 영향이 없겠지만 말이야."

"그래도 중요하죠. 기븐스에게는 마성의 홈런볼이 있잖아요? 더군다나 오늘은 모처럼 선발 출전이잖아요. 레인저스 녀석들을 뭉개 버리려면 이런 게 다 도움이 되는 거 아니겠어요?"

민우의 이야기에 기븐스의 입꼬리가 반사적으로 올라갔다.

"음하핫! 그건 그렇지. 그렇지 않아도 오늘 드디어 홈런볼의 힘을 보여줄 기회가 왔잖냐."

겉으로는 과장되게 웃어 보이고 있는 기븐스였지만, 속으로는 내심 두근거리고 떨리는 마음을 간신히 진정시키고 있었다.

정규 시즌 막판의 출전을 끝으로 개점휴업을 계속하고 있던 기븐스였다.

그를 대신해 좌익수로 투입된 켐프가 왕년의 모습을 되찾으면서 사실상 백업 멤버로 전락할 수밖에 없었던 기븐스였다.

　감독의 결정에 불만이 있는 것은 아니었지만, 포스트 시즌 경험이 전무한 그였기에 포스트 시즌 무대만큼은 뛰고 싶다는 욕심이 들기도 했다.

　하지만 그 스스로가 뛰고 싶다고 뛸 수 있는 것이 아니었기에 티를 내지 않고 조용히 그라운드를 누비는 팀원들을 응원할 뿐이었다.

　하지만 기회가 온다면 언제든지 최선을 다해 뛸 준비가 되어 있었다.

　그렇게 인고의 시간이 흐르고, 다저스가 월드 시리즈 무대로 올라왔다.

　그리고 내셔널리그에 속해 있던 다저스의 다저스타디움을 떠나 아메리칸리그에 속한 레인저스의 레인저스 볼 파크 인 알링턴으로 이동하게 되면서, 자연스레 아메리칸리그의 룰대로 투수 대신 지명타자가 타석에 들어서게 되었다.

　그리고 토리 감독의 선택을 받은 이는 시즌 막판, 준수한 타격감을 보였던 기븐스였다.

　"그나저나 이런 구장을 홈으로 쓴다면야 타율이나 홈런이 그렇게 많은 게 어떻게 보면 당연하단 말이지. 수비 자체에도 애로 사항이 많아 보이는데. 안 그래?"

　민우의 말에 그라운드의 이곳저곳을 둘러보던 기븐스의 말에 민우도 가볍게 고개를 끄덕였다.

"확실히 그런 감이 없지는 않을 거예요. 레인저스의 라인업도 챔피언십 시리즈 때의 그 라인업으로 나오겠죠."

"구멍은 막고, 파워는 살리는 라인업이니까."

민우의 말에 동의한다는 듯, 기븐스의 고개가 가볍게 끄덕여졌다.

그리고 경기 시간이 다가오자 모두가 예상한 대로의 라인업이 발표되었다.

*   *   *

―음, 레인저스의 라인업에는 약간의 변화가 있는데요. 강한 어깨에 비해 수비에서 불안한 모습을 보이던 게레로를 지명타자로 돌리고, 프랑코어를 7번 타자 겸 선발 우익수 자리에 배치했네요. 이 라인업은 디비전 시리즈와 챔피언십 시리즈에서 이미 검증이 되었죠?

―예, 맞습니다. 프랑코어 선수는 2007년, 골드 글러브를 수상할 정도로 그 수비 실력을 인정받은 선수였기에 레인저스로서는 아주 적절한 배치라고 보여집니다.

―수비에서 종종 불안한 모습을 보였던 게레로를 타격에 집중시키고, 준수한 수비와 평균의 타격 실력을 가진 프랑코어를 투입하면서 조화를 이룬다고 보면 되겠네요.

―자연스럽게 7번 타자였던 몰리나는 8번으로, 8번 타자였던 모어랜드는 9번 타자로 한 계단씩 아래로 이동하며 하위 타선에 자리를 잡았네요.

―반면, 다저스의 라인업은 포스트 시즌 내내 최상의 결과를 내온 만큼, 큰 변화가 없는 모습입니다. 다만 투수가 들어서던 9번 타석에 그간 출전 기회를 잡지 못하던 기브스 선수를 투입했습니다.

―기브스 선수는 커리어 내내 포스트 시즌 경험이 전무한데요. 이번에 첫 포스트 시즌 출전을 월드 시리즈에서 경험하게 되는군요. 시즌 말미에 반짝 홈런을 치며 팀에 공헌했던 기브스 선수인데요. 과연 월드 시리즈 무대에서는 조커 역할을 해줄 수 있을지…….

지명타자 제도로 인해 양 팀의 투수들은 이제 타격에 대한 부담 없이 투구에 올 인할 수 있게 되었다.

이제 타선이 한 번 흐름을 탄다면 1, 2차전보다 더욱 수월하게 점수를 낼 수 있는 여건이 만들어졌다.

투수는 투수대로, 타자는 타자대로 그들의 역할을 얼마만큼 해내느냐에 따라 경기의 판도가 달라지게 되었다.

그라운드로 나서는 선수들을 바라보던 레인저스의 워싱턴 감독의 표정은 무언가 큰 결심을 한 듯한 모습이었다.

그리고 그런 모습은 마운드에 오른 투수, 루이스도 마찬가지였다.

'강민우에게 절대로 좋은 공을 주지 마라. 타석에 붙는다면 위협구를 던져라. 맞춰도 좋다.'

민우를 막기 위해 워싱턴 감독이 내린 특단의 조치였다.

자존심이 상했지만, 현실을 받아들여야 했다.

레인저스는 다저스라는 암초를 만나 2연패로 월드 시리즈 무대에서 좌초될 위기를 겪고 있었다.

그리고 그 원흉이 다저스의 5번을 맡고 있는 민우의 홈런이라는 것도 잘 알고 있었다.

'팀을 위해서니까. 자존심은 필요 없어. 할 수 있는 데까지는 해보는 거야.'

사실 이런 요구는 상당한 위험이 따랐다.

자칫 잘못해 고의성이 보인다고 한다면 경고에서 경우에 따라 한 번에 퇴장까지 당할 수 있었다.

그럼에도 이 단순한 작전이 다저스 타선의 핵을 잠재우는 키가 될 확률이 높기에 할 수밖에 없는 일이었다.

다행이라는 점은 루이스는 스트라이크존의 경계를 찌르고 들어가는 칼 같은 제구력을 보이면서도 몸 맞는 공이 많았다는 것이었다.

주심 역시 경기 전, 선수들에 대한 정보를 숙지하고 나오기에 몸에 맞는 공이 나온다 하더라도 제구가 좋은 다른 투수에 비해 어느 정도 참작이 될 수 있었다.

루이스는 온몸을 타고 흐르는 긴장을 풀기 위해, 연습 투구에 온 정신을 집중했다.

슈우우욱!

팡!

구속은 90마일에 불과한 공이었지만 포수가 미트를 내밀고 있던 바로 그 위치에 정확히 꽂히는 모습이었다.

그 모습에 몰리나가 고개를 끄덕이며 미소를 지어 보였다.

'제구는 완벽해.'

곧, 루이스가 뿌린 공이 내야를 한 바퀴 돌아 다시 루이스에게로 되돌아오며 경기의 시작을 알렸다.

경기가 시작되자, 루이스는 거침없이 초구 스트라이크를 잡으며 공격적인 투구를 이어갔다.

1회와 2회를 연속 삼자범퇴로 깔끔하게 돌려세우는 동안 다저스가 뽑아낸 안타는 단 하나도 없었다.

유일한 출루는 민우가 몸을 살짝 스치는 공으로 1루 베이스를 밟은 것뿐이었다.

반면, 다저스의 위기는 2회 말부터 빠르게 찾아왔다.

2회 말, 주자 없는 상황.

타석에는 레인저스의 4번 타자, 게레로가 들어서 있었다.

2—2 상황.

가볍게 숨을 내뱉은 릴리가 와인드업 자세를 취한 뒤, 힘차게 공을 뿌렸다.

슈우욱!

릴리의 손을 떠난 공이 안쪽에서 바깥쪽으로 휘어지며 완벽하게 떨어져 내리는 모습에 바라하스가 미소를 짓는 순간.

따악!

게레로가 긴팔을 자랑하듯, 도저히 건드릴 수 없을 것만 같던 그 공을 배트 끝으로 강하게 때렸다.

둔탁한 타격음과 함께 눈 깜짝할 사이에 1루와 2루 사이로 총알같이 쏘아지는 타구에 2루수인 테리엇이 전력으로 몸을 날렸다.

좌아아악!

하지만 게레로의 손목 힘이 얼마나 강한지 알려주는 듯, 타구는 빠른 속도로 테리엇의 글러브를 빗겨 지나며 우익수 앞으로 굴러가고 말았다.

테리엇은 릴리에게 잡지 못해 미안하다는 제스처를 보였고, 릴리는 신경 쓰지 말라는 듯 가볍게 미소를 지으며 다음 타자를 상대하기 시작했다.

하지만 1분이 채 지나지 않아, 릴리의 얼굴이 다시금 굳어지고 말았다.

슈우욱!

따악!

릴리의 2구를 배트 끝으로 건드린 크루즈가 냅다 1루를 향해 스퍼트를 끊었다.

게레로의 타구가 외야로 빠져나갔던 바로 그 코스로 향하는 타구에 테리엇이 잽싸게 몸을 날렸다.

'잡는다!'

종전의 타구보다 더욱 빠르게 몸을 날린 테리엇의 몸이 다시 한 번 앞으로 날았고, 그 글러브가 타구의 진행 방향으로 뻗어졌다.

좌아아악!

툭!

하지만 기대했던 묵직한 느낌 대신, 글러브 끝에 타구가 부딪히는 느낌과 함께 타구의 방향이 파울라인 쪽으로 꺾이고 말았다.

'큭.'

테리엇은 혹시나 하는 마음에 빈 글러브를 쥐어보았지만 그 안은 텅 비어 있을 뿐이었다.

그사이 재빨리 백업을 온 이디어가 타구를 집어 들었지만, 게레로는 2루를 지나 3루로 몸을 날린 후였다.

잠시 입맛을 다시던 이디어는 테리엇에게 공을 건네주며 그 엉덩이를 가볍게 두드렸다.

"괜찮아, 다음에 잡으면 돼."

테리엇은 그런 이디어에게 가볍게 눈인사를 하고는 릴리를
바라봤다.

'이거 참, 미안해 죽겠네.'

릴리는 두 번 연속으로 이런 상황이 벌어진 것에 얼굴에 아
쉬운 느낌의 미소를 지어 보이고 있었다.

하지만 연륜을 무시할 수는 없다는 듯, 곧 얼굴에서 아쉬
움을 지워 버리고는 다시 다음 타자에게 집중을 하기 시작했
다.

멀찍이서 두 번의 연속 안타가 터져 나오는 모습을 바라본
민우의 머리가 빠르게 돌아가고 있었다.

'머리 위에선 상승기류가 있고, 땅에서는 짧은 잔디가 은근
하게 영향을 주고 있어.'

민우의 눈에 릴리의 제구는 완벽했다.

이번에 릴리가 던졌던 공은 게레로에게 안타를 맞았던 바로
그 코스로, 스트라이크존에 살짝 걸치며 아래로 떨어지는 싱
커였다.

하지만 레인저스의 선수들은 자신들의 홈구장의 이점을 이
용할 줄 알았다.

후반에는 어떻게 될지 모르지만, 아직 경기가 초반인 지금,
다저스의 야수들은 미묘하게 빠르게 튕겨 나가는 땅볼 타구
에 반응하는 것이 아주 조금씩 늦고 있었다.

같은 커브라도 10이 떨어지던 것을 보다가 7이 떨어지면 바로 적응이 되지 않듯, 같은 땅볼이라도 다저스타디움에서 보아오던 타구보다 훨씬 빠르게 튕겨 나가는 속도에 바로 적응하지 못하고 있는 것 같았다.

잠시 그런 현상을 역으로 이용할 수 있을까 생각하던 민우의 고개가 가볍게 저어졌다.

'여긴 그들의 홈이야. 같은 타구라도 그들은 잡을 거야.'

민우는 다저스타디움에서 실책을 범했던 영의 움직임이 알링턴 볼파크에서의 루틴이 튀어나온 것이 아닌가 하는 생각까지 하고 있었다.

'이건 나중에 생각하고… 깊은 플라이 하나면 실점이니까… 일단 저 녀석에게 집중하자.'

가볍게 1루와 3루를 살펴본 민우의 시선이 타석으로 들어서는 한 선수에게로 돌아갔다.

'이안 킨슬러. 부상만 아니었다면 상위 타선에서 활약할 만한 펀치력을 가진 선수다. 조금 뒤로 물러나는 게 좋겠지.'

빠르게 킨슬러의 주요 특징들을 되새긴 민우는 알링턴 볼파크의 상승기류를 떠올리며 수비 위치를 평소보다 5미터 정도 뒤쪽으로 물러서 자리를 잡은 뒤, 가볍게 글러브를 두들겼다.

게레로에 이어 크루즈의 연속 안타로 무사 1, 3루 상황이 만들어지자 레인저스 팬들의 분위기가 빠르게 달아오르기 시작했다.

이미 다저스에게 2경기 연속 영패를 당했던 레인저스였다.

그만큼 레인저스의 팬들은 득점에 목마른 상황이었고, 깊은 플라이 하나만 나와 준다면 선취점을 뽑을 수 있는 상황이 만들어지자 열광적인 응원을 보내는 모습이었다.

휘이이익—!

"날려 버려!"

"킨슬러!! 언제까지 6번 타자에 머물 거야!"

"30—30 클럽의 힘을 보여주라고!"

팬들의 목소리에 타석에 들어서던 킨슬러가 보란 듯이 배트를 크게 휘둘러 보였다.

'그래. 이제 아픈 곳은 전혀 없다고.'

지난 시즌, 무려 31개의 홈런을 터뜨림과 동시에 31개의 도루까지 성공시키며 자신의 커리어 하이 시즌을 찍었던 킨슬러였다.

하지만 올 시즌, 시즌 개막과 함께 시작된 잔부상이 시즌 막판까지 따라오며 장타력을 갉아먹었고, 겨우 9개의 홈런을 때리는 데에서 그치고 말았다.

하지만 꾸준히 컨디션을 끌어올린 결과, 디비전 시리즈에서만 3개의 홈런포를 쏘아 올리며 팀의 챔피언십 시리즈 진출에 일조하는 모습을 보이기도 했다.

이후, 챔피언십 시리즈를 지나 월드 시리즈 2차전까지 단한 개의 홈런포도 때리지 못하며 주춤한 모습으로 다시금 팬들의 실망을 자아내고 있었다.

그리고 홈으로 돌아온 지금, 킨슬러의 앞에 두 명의 주자가나가 홈으로 들어오길 고대하고 있었고, 킨슬러의 이름을 연호하는 수많은 팬이 그의 뒤를 받쳐 주고 있었다.

쫘악.

모처럼 만에 찾아온 최상의 기회에 자연스레 배트를 쥔 손에 힘이 들어갔다.

'릴리가 흔들리고 있는 지금이야말로 절호의 기회지. 상승기류에 제대로 태워서 넘겨 버린다!'

마음속으로 강하게 기합을 넣은 킨슬러가 천천히 배터 박스에 자리를 잡았다.

포수 마스크를 쓴 채, 그 모습을 바라보고 있던 바라하스는 그 눈빛에서 이글거리는 열망을 느끼고는 곧장 릴리에게사인을 보내기 시작했다.

'이 녀석. 기합이 잔뜩 들어갔어. 정면 승부보다는 유인구위주로 가져가는 게 좋겠어. 싱커는 계속 얻어맞았으니까 체인지업으로 템포 조절을 하자.'

바라하스의 요구에 릴리는 고민 없이 고개를 끄덕이며 허리를 폈다.

이윽고 1루와 3루를 번갈아 바라보던 릴리가 빠르게 공을 뿌렸다.

슈우욱!

포심 패스트볼처럼 날아오는 궤적에 킨슬러의 배트가 움찔 거렸지만, 생각보다 느린 구속에 곧장 배트를 멈춰 세웠다.

동시에 올곧게 날아오던 공이 아래로 맥없이 떨어지며 스트 라이크존의 아래쪽을 지나쳤다.

팡!

"볼!"

스트라이크를 잡기 위해 던진 공은 아니었기에, 바라하스는 별다른 표정 변화 없이 곧장 릴리에게 공을 되돌려 주었다.

'다음 공은 하이 패스트볼.'

느린 공을 보여준 뒤, 빠른 공을 뿌린다.

타이밍을 빼앗는 투구의 법칙 중 하나였다.

로진 백을 가볍게 두드린 릴리가 가볍게 고개를 끄덕이고는 글러브를 들어 올리며 숨을 내쉬었다.

곧 가볍게 무릎을 들어 올린 릴리가 강하게 스트라이드를 내디디며 팔을 휘둘렀다.

슈우우욱!

릴리의 손에서 쏘아진 공이 순식간에 홈을 파고들었다.

미트를 높게 들어 올린 바라하스가 미트를 오므리는 순간.

따아악!

묵직한 손맛 대신, 큼지막한 타격음이 바라하스의 귓가를 파고들었다.

본능적으로 감았던 눈을 뜬 바라하스의 시야에 하늘이 떠오른 타구가 보이고 있었다.

킨슬러는 높이 떠오른 타구와 그 손에서 느껴지는 진한 손맛에 가볍게 배트를 집어 던지고는 천천히 1루를 향해 달려가기 시작했다.

―2구! 쳤습니다! 크게 퍼 올린 타구! 킨슬러의 타구는 쭉쭉 뻗어 우중간 방면으로 향합니다! 이 타구를 쫓아 강민우 선수도 펜스를 향해 빠르게 달려갑니다!

타다다닷!

킨슬러의 장타력을 대비해 일찌감치 수비 위치를 뒤로 물리고 있던 민우는 타구가 떠오르는 순간 그려지는 붉은빛의 라인을 따라 방향을 잡고선 빠르게 달리기 시작했다.

상승기류 탓인지 타구의 진행 방향을 알려주는 라인은 펜스 상단에서 아주 조금씩 뒤쪽으로, 그리고 우측으로 움직이고 있었다.

레인저스의 팬들은 이미 홈런임을 확신하고 있는 듯, 펜스 끝에 매달린 채, 떨어지는 타구를 따라 손을 뻗고 있었다.

'잡을 수 있을까?'

잠시 그런 고민에 빠졌던 민우였지만 오히려 발을 더욱 빨리며 의지를 불태웠다.

'막아내야 해. 잡는다!'

벌써갑치 떨어져 있던 센터 펜스가 빠르게 가까워지는 모습이 민우가 힐굿 고개를 들어 타구의 위치를 확인하고는 천천히 속도를 조절했다.

그리고 곧 바닥의 느낌이 거칠게 바뀜과 동시에 눈앞으로 펜스가 확 하고 다가왔다.

민우는 잠깐의 고민도 없이 벽을 타는 사람처럼 곧장 펜스를 발로 디디며 허공으로 몸을 날렸다.

순식간에 6미터 높이의 펜스를 타고 오르는 민우의 곁에 외야석 관중의 손이 닿을 듯 가까워졌고, 그 손의 주인공들의 두 눈이 크게 떠졌다.

'미안하지만……'

상승하던 민우의 몸이 천천히 그 속도가 줄어가며 중력의 영향을 받기 직전, 민우의 글러브가 하늘 높이 뻗어 올라갔다.

'이건 내가 가져갑니다!'

팍!

가죽이 울리는 묵직한 소리와 함께 민우의 신형이 빠르게 아래로 떨어져 내렸다.

─속도를 줄이지 않고 달려가는데요! 오 마이 갓! 강민우

선수가 펜스를 타고 몸을 날리더니 그대로 킨슬러의 홈런 타구를 낚아챕니다! 와우!

"와아아… 아아아……."
"홈런이다아아… 어? 뭐야?"
"이런 미친……."
만세를 부르고 있던 레인저스의 팬들은 민우의 글러브가 홈런 타구를 훔쳐내는 모습에 들고 있던 손을 그대로 내려 머리를 움켜쥐며 경악스러운 표정을 지어 보였다.

그런 레인저스 팬들의 마음도 모른 채, 민우의 신경은 온통 1루 주자인 크루즈에게로 집중되어 있었다.

'홈은 힘들어. 1루 주자를 잡는다!'

생각과 행동은 한 치의 지체 없이 이루어졌다.

타닥!

마치 낙법을 펼치듯 한 바퀴를 구른 민우가 탄력을 붙이며 곧장 2루를 향해 공을 뿌렸다.

쑤아아악!

─한 바퀴 구른 강민우 선수가 곧장 강하게 공을 뿌립니다! 2루 방면! 일직선으로 뻗어가는 레이저 송구!

크루즈는 민우의 예사롭지 않은 움직임에 1루 베이스를 리

터치하고 있었다.

그리고 펜스를 타고 날아오르는 민우의 모습에 입을 쩍 벌린 채, 진심으로 놀라고 말았다.

'뭐 저런 미친놈이 다 있어?'

하지만 그런 놀라움과는 별개로 빠르게 계산을 시작했다.

'충분해!'

그리고 민우가 홈런 타구를 잡는 순간, 크루즈는 곧장 2루를 향해 스퍼트를 끊었다.

시야가 크게 흔들릴 정도로 열심히 발을 놀리던 크루즈의 고개가 힐긋 옆으로 돌아갔다.

그리고 그의 표정이 확신에서 당혹스러움으로 바뀌는 데는 그리 오랜 시간이 걸리지 않았다.

'어어?'

슈우우— 팍!

촤아아악!

크루즈가 슬라이딩을 위해 몸을 띄움과 동시에 바람을 가르는 소리에 이어 테리엇의 글러브가 울림을 내뱉었고, 그 글러브가 그대로 자신의 손을 가로막는 것이 보였기 때문이었다.

툭!

미처 손을 뺄 틈도 없이, 자신을 태그하고 지나가는 글러브를 멍하니 바라보던 크루즈의 시선이 2루심에게로 돌아갔다.

2루심은 어색한 미소를 지어 보이고는 그 앞으로 주먹을 휘둘러 보였다.

아웃!

환호성으로 가득하던 알링턴 볼파크에 일순 무거운 정적이 흘렀다.

─2루수의 글러브에 꽂히는 송구! 그대로!! 아웃! 아웃입니다! 강민우 선수의 강하고 정확한 송구가 크루즈 선수의 빠른 발을 지워 버렸습니다!

─와~ 믿을 수가 없네요! 정말 엄청난 호수비가 나왔습니다! 이 송구, 제가 볼 땐 거의 100마일에 가깝지 않았나 싶을 정도로 엄청난 속도였어요!

─월드 시리즈라는 무대에 걸맞은 정말, 너무나도 멋진 수비를 보여주는 강민우 선수! 이곳이 다저스타디움이었다면 아마 엄청난 환호성이 쏟아져 나오지 않았을까 싶습니다.

팬들의 환호성은 들려오지 않았지만, 그들을 대신해 감동과 환희에 찬 목소리를 내뱉는 이들이 있었다.

"예에에에!!"

"크으으!!"

"역시 민우구만!"

"펜스 등반하는 거 정말 오랜만에 보는 것 같네."

"진짜 저 녀석이랑 같은 팀이라는 게 이렇게 행복할 수가 없다!"

"격하게 공감한다."

더그아웃에 남아 있던 선수들은 경외의 시선으로 민우를 바라보고 있었다.

토리 감독은 소란스러운 선수들의 모습에도 조용히 그라운드를 바라보고 있었다.

하지만 그 역시 춤이라도 추고 싶을 정도로 기쁜 심정이었다.

'누가 저 엄청난 녀석을 루키라고 생각할꼬.'

그런 생각과 함께 그의 입가에 뿌듯한 감정을 담은 미소가 피어올랐다.

민우의 수비 하나로 경기의 분위기는 완전히 뒤집어졌다.

결과적으로 1점을 내긴 했지만 레인저스는 실점이라도 한 것 마냥 침울함 일색이었다.

홈런을 도둑맞으며 노아웃 3득점이 되어야 할 상황이 2아웃 1득점으로 대폭 하락하고 말았다.

특히, 홈런을 훔쳐낸 민우의 움직임은 레인저스 선수들의 사기를 순식간에 떨어뜨리고 말았다.

그들의 뇌리에는 센터 방면으로 타구를 날려서는 안 된다는 압박감이 자리 잡기 시작했고, 이것이 경기에 지대한 영향을 끼치기 시작했다.

레인저스의 워싱턴 감독의 미간도 덩달아 찌푸려졌다.

'하아. 플라이 볼 투수에게 억지로 땅볼을 뽑아내라고 할 수도 없고… 공격에서 틀어막았더니 수비에서 저렇게 터뜨려 버릴 줄이야.'

레인저스는 타격의 팀이었다.

그리고 레인저스의 홈구장인 레인저스 볼 파크 인 알링턴은 넓은 그라운드와 구조적인 요소들이 레인저스의 팀에 최적화된 구장이라고 할 수 있었다.

그리고 그 중 하나가 바로 저 넓은 외야를 이용해 장타를 뽑아내는 것이었다.

홈으로 돌아오면 반전의 계기가 있으리라 생각했었다.

그리고 킨슬러가 그 시발점이 될 타구를 날려 보냈다.

됐다고 생각했지만 민우가 찬물을 끼얹었다.

민우는 워싱턴 감독의 상식선에 존재하는 일반적인 중견수의 수비 범위 그 이상을 보여주었다.

'남들이 100을 커버할 때, 저 녀석은 120… 아니 150은 커버할 수 있는 녀석이야. 수비에도 일가견이 있다는 건 진작에 알고 있었지만… 이래서는 무어라 작전을 낼 것도 없어. 그저 센터 필드로 향하지 않기를 바라야 할 뿐……'

가볍게 탄식의 한숨을 내뱉은 워싱턴 감독은 더그아웃으로 돌아온 킨슬러의 엉덩이를 가볍게 두드리며 위로해 주었다.

그사이 7번 프랑코어가 1구 만에 우익수 플라이로 돌아서며 레인저스를 웃기고 울렸던 2회 말 공격이 끝이 났다.

이후 양 팀은 매 이닝 안타를 뽑아내며 타격 경쟁을 벌이기 시작했다.

하지만 아이러니하게도 양 팀 모두 단 한 점의 점수도 뽑아내지 못하고 있었는데 이는 양 팀 외야진의 활약이 지대한 역할을 했기 때문이었다.

마치 민우의 슈퍼 캐치에 자극이라도 받은 듯, 양 팀의 외야진은 경쟁적으로 안타성 타구를 걷어내고, 훔쳐내며 점수를 지키기 위해 고군분투했다.

—5회 말까지 진행된 현재, 양 팀의 점수는 여전히 1 대 0에서 변함이 없는 모습입니다.

—현재까지 다저스는 5개의 잔루를, 레인저스는 6개의 잔루를 기록했음에도 점수가 나지 못한 것인데요. 아이러니하게도 오늘 경기에서 슈퍼 캐치라고 할 만한 장면이 강민우 선수의 홈런 스틸 이후, 양 팀에서 각각 2개가 나왔단 말이죠.

—예. 안타 하나만 때려낸다면 점수를 낼 수 있는 상황마다 시기적절하게 호수비가 나오면서 흐름이 계속 끊어지고 말았고요. 양 팀이 주거니 받거니 하면서 어느새 6회 초가 되었습니다.

—과연 다저스가 추격의 점수를 먼저 낼 것인지, 레인저스

가 도망가는 점수를 먼저 낼 것인지 함께 지켜보시죠. 6회 초, 2번 이디어 선수의 타석부터 시작됩니다.

　불안한 리드를 가져가고 있는 레인저스의 팬들은 천천히 마운드에 오르는 루이스를 발견하고는 휘파람을 불고 응원의 목소리를 내며 루이스의 힘을 돋우고 있었다.

　휘이이익ㅡ!

　"루이스!!"

　"6회도 부탁해!"

　"완봉 가자!"

　1루 측 관중석에서 열심히 응원의 목소리를 내던 금발 청년은 시끄러워야 할 옆자리가 조용한 것에 고개를 돌렸다.

　그 시선이 닿는 곳에는 안경을 쓴 청년이 무언가 걱정스러운 듯한 눈빛으로 조용히 그라운드를 바라보고 있었다.

　툭.

　"헤이. 브라이언. 갑자기 왜 이렇게 심각해? 또 뭐가 이상한데."

　금발 청년의 말에는 그 동안에도 이런 경우가 많았다는 듯, 익숙함이 느껴지고 있었다.

　"에디. 느낌이 이상해. 이번 이닝에… 루이스가 무너질 것 같아."

　콰드득.

브라이언의 말에 주변에 앉아 있던 레인저스의 팬들이 도끼 눈을 뜨고 그를 노려봤다.

온몸에 문신이 한가득인 중년 남성의 손에 쥐어져 있던 맥주 컵은 이미 그 형체를 알아볼 수 없을 정도로 뭉개진 상태였다.

그 모습에 에디가 어색한 웃음을 지으며 고개를 격하게 저으며 무언가를 열심히 부정하는 모습을 보였다.

그리고 그들의 못미더운 시선이 그라운드로 되돌아가고 나자, 에디는 황당하다는 듯한 표정을 지으며 입을 열었다.

"야! 너, 미쳤어? 네가 가끔 신통방통한 소리를 하는 건 알고 있지만, 지금은 틀렸어! 그건 절대 아니라고! 그런 이상한 소리를 할 거라면……."

따아악!

"엉?"

브라이언에게 무어라 말을 하려는 순간 들려온 타격음에 금발 청년의 고개가 그라운드로 휙 돌아갔다.

어떻게 된 상황인지 정확히는 알 수 없었지만 중견수가 내야로 공을 던지는 모습과 1루 베이스를 밟고 선 이디어의 모습이 말해주는 것은 하나였다.

안타로 인한 출루.

브라이언은 갑자기 등골이 오싹한 느낌에 양팔을 문질렀다.

"우연이겠지… 응?"

이디어의 안타가 터져서인지, 종전의 그 관중들의 날카로운 시선이 다시금 에디와 브라이언에게로 쏘아지고 있었다.

그 모습에 에디는 본능적으로 고개를 빠르게 저으며 어색하게 웃어 보였고, 그들의 시선이 다시금 그라운드로 돌아가고 나서야 숨을 돌릴 수 있었다.

"이거 도망갈 준비라도 해야 하는 거야?"

잠시 혼잣말을 중얼거린 에디의 시선도 천천히 그라운드로 향했다.

슈우욱!

루이스의 3구째가 슬라이더의 궤적을 그리자, 로니의 배트가 매섭게 돌아갔다.

따악!

하지만 기대와 달리, 약간은 먹힌 듯한 타격음과 함께 센터 방면으로 떠오른 타구는 곧 중견수의 글러브에 빨려 들어가며 힘을 잃고 말았다.

1사 1루.

타석에는 4번 타자인 블레이크가 들어서 있었다.

그리고 자연스럽게 대기 타석에는 5번 타자인 민우가 들어서며 자신의 차례를 기다렸다.

'이번 타석에도 고의 사구를 주려나?'

민우는 직전 타석을 떠올리고는 미간을 찌푸렸다.

첫 타석에서는 위협구로 보이는 공이 몸을 스치며 몸 맞는 공으로 출루를 했었다.

덕분에 '악바리' 특성이 발동되며 다음 타석을 기대했지만, 두 번째는 고의 사구였다.

그렇게 두 번의 타석에서 배트를 휘둘러보지도 못한 민우였다.

'애매하네. 애매해. 이번 타석에서도 사용하지 못하면 타석에 들어서는 건 끽해야 한 번 정도……'

슈우욱!

팡!

"볼!"

'3볼 2스트라이크라.'

루이스의 칼 같은 제구력은 투구 수가 쌓인 탓인지 초반에 비해 꽤나 무뎌진 모습이었다.

하지만 그럼에도 타자의 눈을 현혹시키는 위력은 여전했기에 블레이크와 루이스는 주거니 받거니 하며 야금야금 카운트를 쌓고 있었다.

'만약 블레이크가 출루에 성공한다면 한 번쯤은 도박을 걸어볼 만해. '초감각'의 쿨 타임은 진작 돌아왔으니까.'

다음 타석에서도 민우의 앞에 주자가 쌓인다는 보장은 없었다.

민우는 만약 이번 타석에서 주자가 두 명이 된다면, 앞서 '악바리' 특성의 효과가 있는 만큼 '초감각' 스킬을 사용하기에 가장 적절하다고 생각했다.

루이스가 투수판을 밟는 모습에 민우도 타격 자세를 취하며 다시금 타이밍을 맞추기 시작했다.

슈우욱!

루이스의 손을 떠난 공이 살짝 떠올랐다가 급격히 휘어져 내리기 시작했다.

동시에 블레이크는 스타트를 끊었던 배트를 급히 멈춰 세웠다.

팡!

미트에 꽂힌 공을 든 채, 몰리나는 미동조차 하지 않고 있었다.

스트라이크임을 확신하는 듯한 제스처였지만, 기대와 달리 주심의 팔은 올라가지 않았다.

몰리나는 급히 1루심을 가리키며 판정을 요구했지만 그 역시 양팔을 벌려 보이며 배트가 돌지 않았음을 선언했다.

1루를 향해 유유히 걸어가는 블레이크의 모습에 레인저스의 팬들이 심판진을 향해 일제히 야유를 보내기 시작했다.

"우우우우!!"

"배트가 돌아갔잖아!"

"이게 말이 돼?"

"여기에서도 보이는데 어떻게 그게 볼이냐 말이야!"

자신들을 비난하는 목소리가 들려옴에도 심판진의 표정은 일체 변화가 없었다.

월드 시리즈처럼 중요한 경기일수록 오심이 나와서는 안되었고, 자신의 판정에 확신을 가질 줄 알아야 했다.

판정이 한 번 흔들리기 시작하면 그 파동은 걷잡을 수 없이 커지기 때문이었다.

마운드 위의 루이스도, 포수 마스크를 쓴 몰리나도 주심을 향해 한탄스러운 눈빛을 보냈지만 결과를 바꿀 수는 없었다.

블레이크를 결국 볼넷으로 내보내며 레인저스는 다시 한 번 위기에 빠지게 되었다.

그리고 그런 이들 사이로 민우가 천천히 모습을 드러냈다.

배터 박스에 자리를 잡자 곧장 민우의 눈앞에 하나의 메시지가 떠올랐다.

띠링!

[데드볼로 인해 '악바리' 특성의 효과가 발동됩니다.]

[전전 타석에서 위험도 '중' 부위, 등에 데드볼을 맞았습니다.]

[일시적으로 파워 +3, 정확 +3이 상승합니다.]

직전 타석에서도 보았던 그 메시지에 민우의 입가에 가벼운 미소가 피어올랐다.

'훗. 전 타석에 기회가 없었던 걸 고맙게 생각해야 하려나?'

여기에 '초감각' 스킬까지 사용한다면 바운드 볼이 아닌 이상 루이스의 공을 때려내는 것은 그리 어렵지 않아 보였다.

'문제는 과연 칠 만한 공을 줄 것이냐 이거겠지.'

그리고 그런 민우의 예상은 크게 빗나가지 않았다.

민우가 타석에 들어서자 몰리나는 곧장 생각을 실천에 옮겼다.

'오늘 켐프의 타격감은 그리 좋지 않아. 첫 타석에서 병살타를 친 이력도 있으니까. 역시 강민우보다는 켐프를 상대하는 게 실점을 막을 확률이 높다. 거르자.'

루이스 역시 별 불만은 없다는 듯, 가볍게 고개를 끄덕였다.

결정을 마치자 몰리나가 아예 자리에서 일어난 채로 루이스의 공을 받기 시작했다.

슈욱!

팡!

스트라이크존을 크게 벗어나는 공을 가볍게 뿌리는 루이스의 모습에 민우의 고개가 절로 흔들어졌다.

민우는 아예 칠 의사가 없는 것처럼 배트를 어깨에 걸치면서도 그 눈은 루이스의 공을 예의 주시하고 있었다.

'이 정도면… 해볼 만하지 않을까?'

스트라이크존에서 벗어나 있기는 했지만, 민우의 자세에 안심을 한 듯, 루이스의 공은 스윙 범위에 간당간당하게 들어오는 모습이었다.

3구째에도 비슷하게 들어오는 루이스의 공을 확인한 민우가 속으로 미소를 지은 채, 곧장 스킬을 사용했다.

'초감각.'

지잉—!

[초감각의 효과가 적용됩니다.]

[파워와 정확 능력치가 30% 상승합니다.]

[체력이 50 소모됩니다.]

순간적으로 온몸의 힘이 빠져나갔다가 들어오는 느낌과 함께 주변 사물의 움직임이 하나하나 느껴지기 시작했다.

어느덧 익숙해진 그 느낌에 빠르게 적응한 민우가 은근하게 눈을 빛냈다.

고의 사구를 위해 던지는 배팅볼 수준의 공이었기에 초감각의 효과가 적용된 지금, 스트라이크존을 벗어나더라도 맞추는 것은 그리 어렵지 않았다.

'조금만, 조금만 쏠려라!'

민우는 그런 간절한 바람과 함께 배트를 부여잡았다.

민우의 변화를 전혀 눈치채지 못한 루이스는 힘을 가볍게 뺀 채, 마지막 공을 던졌다.

슈욱!

곧, 그 손을 떠난 마지막 공이 스트라이크존으로 살짝 치우쳐 날아가기 시작했다.

누가 봐도 볼인 공이었기에 레인저스의 배터리는 크게 신경을 쓰지 않았다.

하지만 민우가 살짝 몸을 기울인 채, 스트라이드를 강하게 내딛는 모습에 그 둘의 눈이 동시에 크게 떠졌다.

부우웅!

뒤이어 무시무시한 바람 소리와 함께 돌아 나온 민우의 배트가 힘 빠진 루이스의 공을 강하게 퍼 올렸다.

'어어어어?'

'설마!'

레인저스 배터리가 놀라움의 말을 내뱉을 새도 없이, 강렬한 타격음이 그들을 휘청거리게 만들었다.

따아아악!

몹시 정갈하면서도 너무나도 큼지막한 타격음에 알링턴 볼파크가 일순 정적에 휩싸였다.

─4구! 아아앗! 쳤습니다! 그대로 쭉쭉 뻗어 날아가는 타구!!

타구는 하늘을 뚫을 기세로 끝을 모르고 뻗어 올라가고 있었다.

툭!

그리고 잠시 뒤, 민우가 옆으로 가볍게 집어 던진 배트가 그 정적을 깨뜨렸다.

그 소리에 민우를 바라본 몰리나의 얼굴이 일순 두려움으로 물들었다.

민우의 얼굴에 피어난 만족스러운 미소가 보였기 때문이었다.

'이 괴물 같은 자식……. 완전히 빠진 공을 건드려서 홈런이라니…….'

몰리나는 과거 100여 년간, 최고라 칭해졌던 그 어떤 타자를 데려오더라도 고의 사구를 때려 홈런을 만드는 것은 불가능하리라 생각하고 있었다.

하지만 그가 충격이 큰 나머지 착각을 하고 있는 것이 있었다. 그것은 바로 마지막 공이 다른 공들보다 스트라이크존에 훨씬 더 가깝게 날아왔다는 것이었다.

텅!

체공을 계속하던 민우의 타구가 우중간 펜스를 넘어 관중석 사이로 파고들어 둔탁한 소리를 내뱉었다.

그 소리는 레인저스 팬들에게 지옥의 종소리처럼 공포스럽게 느껴지고 있었다.

─펜스 넘어 그대로! 홈런!! 홈런입니다!! 우중간 펜스를 훌쩍 넘어가는 강민우 선수의 역전 스리런 홈런!

─와하하! 이게 도대체 무슨 일인가요? 고의 사구로 내보내기 위해 바깥으로 뺀 공이었는데요. 이 공이 살짝 안쪽으로 치우친 것을 강민우 선수가 놓치지 않고 그대로 퍼 올렸고요. 타구는 그대로 펜스를 넘어가 버리고 말았습니다. 와우~ 정말 여러 가지로 인상적인 홈런이네요.

─자신을 거르는 상대의 작전에도 집중력을 놓지 않고, 그 틈을 노려 홈런을 만들어낸 강민우 선수의 센스 넘치는 플레이였습니다!

─이 홈런으로 강민우 선수는 메이저리그 포스트 시즌 신기록 두 가지를 한 번에 작성합니다! 바로 포스트 시즌 9경기 홈런 기록과 포스트 시즌 최다 홈런인 10개의 홈런 기록이 그것입니다!

─NL디비전 시리즈 MVP와 챔피언십 시리즈 MVP에 이어 이제 월드 시리즈 MVP를 따는 것도 문제가 없어 보입니다! 그 누가 이 선수를 제치고 MVP를 받을 수 있겠습니까!

민우의 스윙에 깜짝 놀란 것은 레인저스 배터리뿐만이 아니었다.

레인저스의 홈 팬들도, 레인저스의 코치진도 놀라기는 마찬가지였다.

"말도 안 돼……."

"고의 사구를 쳐서 홈런이라니… 들어본 적도, 본 적도 없다고!"

"저건 사람이 아니야! 분명 약이라도 빨았을 거야!"

"우리가 기록의 희생양이라니……."

"이 자식들! 너희 때문에……."

온몸에 문신을 한가득 새겨놓은 중년 남성이 화를 내며 고개를 돌렸지만, 이미 그 자리에 있던 에디와 브라이언은 일찌감치 사라진 뒤였다.

다저스의 더그아웃에서도 당황과 놀라움이 뒤죽박죽이 된 표정으로 홈 플레이트를 밟는 민우를 바라보고 있었다.

"허허허."

"쟤 팔 늘어나는 거 봤어?"

"응, 아니야. 정신 차려."

몇몇 선수는 망치로 뒤통수를 두들겨 맞은 것처럼 멍한 표정을 짓고 있었다.

"이제 어느 정도 적응이 됐다고 생각하고 있었는데… 내 착각이었나 보다. 저 녀석이 또 어떤 걸로 날 놀라게 할지 무서울 정도야."

존슨이 어색하게 웃으며 하는 말에 기븐스가 피식 웃으며 그 어깨를 두드려 주었다.

"지켜보라고. 저 녀석이 우리를 월드 시리즈 우승으로 이끌어줄 테니까."

그렇게 말한 기븐스는 선수들과 하이파이브를 나누며 더그아웃으로 들어서는 민우에게 다가가 양 손을 들어 올리며 강하게 하이파이브를 나눴다.

그러고는 진심으로 궁금하다는 표정을 지으며 민우를 바라봤다.

"도대체 어떻게 그 공이 쏠릴 줄 알고 홈런을 친 거야?"

기븐스의 물음에 민우가 수건을 들어 땀을 닦고는 씨익 웃어 보였다.

"궁금해요?"

"당연히 궁금하지! 물론 내가 고의 사구로 걸어 나갈 일은 없겠지만, 그래도 궁금한 건 참기 힘드니까."

"하하하. 그건 그렇죠."

말과 함께 쏘아지는 기븐스의 진득한 눈빛에 민우가 웃으며 고개를 끄덕였다.

"사실, 긴가민가했어요. 아시다시피 전 타석에서도 고의 사구로 나갔잖아요."

"그런데?"

"그때 살짝 필이 왔죠. 아. 얘들 날 상대하지 않아도 된다고 생각해서 안심하고 있구나. 하고 말이죠. 휘두르지 않을 거라고 생각하기 때문인지 공을 완전히 빼진 않더라고요."

민우의 말에 기브스도 그제야 알겠다는 듯, '아~' 하는 표정을 지어 보였다.

"그럼 지금도?"

"네. 맞아요. 혹시나 저쪽 감독님이 지적하지 않았을까 생각했는데, 저쪽도 놓친 건 마찬가지인가 보더라고요. 이번 타석에서도 스트라이크존 근처로 지나가기에, 마지막 공에 냅다 휘둘렀죠. 그랬더니 딱! 홈런이 나온 거죠."

민우의 설명이 끝나자 기브스가 놀라워하면서도 약간은 부러운 듯한 표정으로 민우를 바라봤다.

"이야… 보통 선수들은 그냥 걸어 나갈 생각으로 건드리지도 않는데… 역시 넌 틀을 깨버리는구나. 누가 들으면 홈런이 그냥 뚝 하면 딱 하고 나오는 줄 알겠다."

"에이. 그럴 리가요. 그랬으면 여태 친 타구가 다 홈런이 됐게요? 운이 좋았을 뿐이죠."

민우의 마지막 말에 주변에 있던 선수들이 고개를 절레절레 저었다.

'아니야.'

'네가 친 타구의 반은 홈런이잖아.'

'아무리 운이 좋아도 그렇게는 못 한다고.'

멀찍이서 그들의 모습을 지켜보던 토리 감독도 놀랍기는 마찬가지였다.

'역시, 보통 물건이 아니야.'

룰로 정해진 것은 아니었지만 일반적으로 통용되는 것들이 있었다.

고의 사구를 뿌리는 투수의 공에 배트를 휘두르지 않는 것도 그들 중 하나였다.

1루로의 100% 출루가 보장된 결과를 발로 걸어 차버리는 것이나 마찬가지이기 때문이었다.

까딱 잘못하면 병살타로 연결되어 공격 기회가 허무하게 날아갈 수도 있었다.

사실 지금도 좋은 결과가 나왔기 망정이었지, 그렇지 않았다면 꾸지람을 받아도 이상할 것이 없는 상황이었다.

하지만 토리 감독은 이번 경우에 대해서는 조금 다르게 생각하고 있었다.

결국 타석에서 공을 보고 상대하는 것은 그 누구도 아닌 타석에 들어선 바로 그 타자였다.

타자가 판단하기에 칠 수 있는 범위 내로 들어오는 공이었기에 정확히 칠 수 있다면 치는 것이 맞았다.

그리고 또 하나의 이유가 있었다.

'다른 녀석도 아니고… 바로 저 녀석이니까.'

9월 승격 이후, 순식간에 팀을 지구 1위로 이끈 것을 시작으로 수많은 기록을 써 내려간 민우였다.

그런 기록들은 실력 없이는 써질 수 없는 기록이었고, 그 말은 곧 민우의 실력이 매우 뛰어나다는 사실을 반증하는 것이기도 했다.

'지금 역시 그런 실력에 의한 판단이 이루어낸 결과인 것이지. 녀석이 지적을 받을 하등의 이유가 없다.'

토리 감독은 민우를 향해 신뢰가 담긴 시선을 잠시 보내고는 다시금 그라운드로 시선을 돌렸다.

민우의 역전 스러런 홈런 이후, 켐프가 안타를 치고 나가며 분위기를 이어가려 했지만, 이후 바라하스와 테리엇이 연속 범타로 돌아서며 추가 득점 없이 이닝이 마무리되었다.

8회 말 2아웃. 주자 없는 상황.

마지막 아웃 카운트를 남겨놓고, 젠슨의 손에서 뿌려진 공이 홈을 향해 날아가기 시작했다.

슈우욱!

크게 떠오른 공이 스트라이크존의 아래로 향할 때, 게레로의 배트가 매섭게 그 공을 쫓아 돌아 나왔다.

따아악!

완벽한 유인구에 미소를 짓고 있던 젠슨과 바라하스의 표정이 와락 일그러졌고, 그와 대조적으로 레인저스의 팬들은 환한 미소를 지으며 환호성을 내지르고 있었다.

"와아아아아아!"

"동점이다!!"

"아직 끝난 게 아니야!!"

—아~ 게레로의 라인드라이브 타구! 좌측 펜스! 아! 아슬아슬하게 넘어갑니다! 게레로의 솔로 홈런!

—젠슨의 공은 나쁘지 않았거든요. 뚝 떨어지는 커브볼은 배트를 이끌어내기에 충분했는데, 문제는 게레로가 '배드 볼 히터'라는 것이었습니다.

—7회 트론코소가 모어랜드에게 솔로 홈런을 허용하며 한 점 차로 쫓기던 다저스인데요. 바뀐 투수인 젠슨도 마치 짠 것처럼 2아웃을 잡아놓고 홈런을 허용하고 말았네요. 지금 이 홈런으로 결국 동점을 허용하는 다저스입니다.

6회 말, 주자 1, 2루 상황에서 민우의 호수비에 다시금 막히고 말았던 레인저스였다.

하지만 7회, 9번 타자인 모어랜드의 솔로 홈런으로 한 점 차로 격차를 좁히더니 8회 말 2아웃 상황에서 터진 게레로의 솔로 홈런으로 기어코 동점을 만들어낸 것이었다.

오늘만 3개의 슈퍼 캐치를 보이며 팀을 구해낸 민우였지만, 좌우로 흩뿌려지는 홈런을 막아내는 것은 불가능한 일이었기에 그저 바라보고만 있을 수밖에 없었다.

순식간에 동점이 만들어지는 모습에 민우는 그저 씁쓸한 웃음을 보일 수밖에 없었다.

바로 직전인 8회 초, 레인저스는 또 한 번의 고의 사구로 민우를 출루시켰다.

직전 타석의 홈런을 얻어맞아서인지 루이스의 공은 배트를 집어 던져도 맞추기 힘들 정도로 먼 곳으로 들어왔기에 민우가 할 수 있는 일은 없었다.

이제는 수비에 최선을 다한 채, 동료들을 믿고 그들이 점수를 뽑기를 응원할 뿐이었다.

9회 초, 다저스의 정규 이닝 마지막 공격 기회가 돌아왔다.

레인저스는 승리를 따내기 위해 동점 상황임에도 부동의 마무리 투수, 펠리즈를 마운드 위로 올려 보냈다.

펠리즈는 투구의 9할이 패스트볼이었는데, 그 이면에는 최고 구속이 무려 103마일에 달한다는 이유가 있었다.

여기에 평균 80마일 초반의 슬라이더와 커브, 그리고 80마일 후반의 체인지업을 구사할 줄 알았지만 주무기는 역시 패스트볼이었다.

빵!

빵!

그 구속이 구속이니만큼, 펠리즈는 연습 투구에서도 의욕이 넘치는 모습으로 위력적인 투구를 보이고 있었다.

더그아웃의 난간에 기댄 채, 그 모습을 바라보던 민우는 그런 펠리즈의 구위에 조금은 걱정스러운 표정을 짓고 있었다.

'더 이상의 추가 실점은 절대로 허용하지 않겠다는 의지 표명이겠지. 저런 구속이라면… 연장까지 갈지도 모르겠어. 테리엇이랑 기븐스가 저 공을 제대로 때려낼 수 있을까?'

다저스의 공격은 8번 테리엇부터 시작될 예정이었다.

하지만 민우의 걱정은 기우에 불과했다.

그들 역시 메이저리그에서 여러 시즌을 보낸 베테랑이었다.

슈우욱!

따악!

눈 깜짝 할 새에 홈으로 파고들던 공은 테리엇의 배트와 맞부딪히며 방향을 바꿔 외야로 날아갔다.

2루수인 킨슬러가 힘껏 점프를 해보았지만, 아슬아슬하게 그 글러브를 넘어간 타구는 그대로 우익수의 앞까지 굴러가며 안타가 되었다.

타이밍이 어그러진 듯, 잘 맞은 타구는 아니었지만 공의 위력이 위력이니만큼 내야를 넘어가기에는 충분한 힘이 전달된 듯 보였다.

"나이스 테리엇!"

"잘했어!!"

첫 타자인 테리엇의 안타에 응원의 목소리를 내던 다저스의 분위기가 다시금 타오르기 시작했다.

그리고 타석에는 9번 타자인 기븐스가 들어서고 있었다.

시즌 막판 자칭 타칭 '홈런볼 전도사'로 불리운 그였기에 다

저스의 선수들도 내심 약간은 기대에 찬 시선으로 기븐스를
바라보기 시작했다.

"날려 버려 기븐스!"

"길게 가지 말자고!"

"홈런 치면 홈런볼 한 트럭 사줄게!"

믿었던 펠리즈가 첫 타자인 테리엇에게 너무나도 쉽게 안타
를 허용하는 모습에 레인저스의 팬들은 불안감이 가득 찬 시
선으로 그라운드를 바라봤다.

그러면서도 그런 불안함을 떨쳐내기 위해서인지 연신 목이
터져라 소리를 지르고, 휘파람을 불며 분위기를 끌어 올리고
있었다.

휘이이익―!

"펠리즈! 펠리즈!"

"막아내야 해! 넌 할 수 있어!"

"평소처럼만 하면 돼!"

사방에서 들려오는 목소리에 공을 쥔 펠리즈의 손에 힘이
들어갔다.

겨우 한 타자를 상대했을 뿐이지만 그 턱선을 타고 한줄기
땀방울이 흘러내리고 있었다.

정규 시즌에서 43번의 세이브 기회 중 40번의 세이브를 성
공시킬 정도로 위력투를 보였던 펠리즈였지만, 그는 겨우 풀타
임 첫 시즌을 보내는 루키일 뿐이었다.

팀이 3연패의 위기에 빠진 상황에서 밀려드는 압박감의 무게는 루키가 감당하기엔 너무나도 무거웠다.

승승장구하며 지나쳤던 디비전 시리즈나 챔피언십 시리즈와는 분위기 자체가 달랐다.

그리고 그런 압박감에 더해 기븐스의 태도가 펠리즈의 투구에 영향을 끼치고 말았다.

'어째서 저렇게 자신감이 넘치는 거지?'

그 눈에 보이는 기븐스의 얼굴에는 부담감은커녕, 의지가 넘치고 있었다.

펠리즈의 뇌리에 의문이 퍼져 갈수록 그 몸도 그 의문에 지배당하기 시작했다.

하지만 그런 펠리즈의 의문과 달리 기븐스는 일찍이 하나의 목표만을 잡고 있었다.

'반 박자 빠르게, 초구 풀스윙.'

배트 스피드가 메이저리그 평균에 못 미치는 기븐스였기에 오히려 초구부터 과감히 배트를 휘두를 생각이었다.

그리고 그런 과감한 선택의 희비는 얼마 지나지 않아 바로 나타났다.

슈우우욱!

펠리즈의 손에서 공이 뿌려짐과 함께 전광판에 찍힌 구속은 101마일(163㎞)이었다.

그러나 그 구속과 별개로 공의 높이나 위치는 타자가 때리기에 너무나도 알맞게 들어오고 있었다.

따아아악!

빠르게 돌아 나온 기브스의 배트와 공이 맞부딪히며 큼지막한 타격음을 내뱉었다.

레인저스에겐 절망을, 다저스에겐 환희를 안겨주는 소리였다.

잠시 배트를 들고 있던 기브스는 정말 오랜만에 느껴보는 짜릿한 손맛을 음미라도 하는 것처럼, 잠시 그렇게 가만히 배트를 들고 있었다.

─기브스! 우측 센터 필드! 깊게! 깊게! 해밀턴! 프랑코어! 쫓아갑니다만! 워닝 트랙에서!! 넘어~ 갑니다!! 제이 기브스! 리드를 잡는 투런 홈런! 9회 초, 다저스의 정규 이닝 마지막 공격에서 기브스의 월드 시리즈 첫 홈런이자 다저스의 승기를 가져오는 홈런이 터져 나옵니다! 와우!

─펠리즈의 가운데로 몰린 101마일 강속구를 그대로 강타해 우중간 펜스를 완벽히 넘겨 버리는, 너무나도 통렬한 홈런이 터져 나왔습니다! 정말 아름다운 곡선을 그리며 날아가는 타구였습니다!

─이 홈런으로 스코어는 3 대 5로 다시금 벌어집니다!

─아~ 이 점수는 레인저스에게는 너무나도 뼈아픈 점수가 되겠습니다!

그 누구도 예상치 못한 9번 기븐스의 홈런에 레인저스의 팬들은 다시 한 번 머리를 부여잡고 절망에 찬 표정을 지은 채, 그라운드를 돌고 있는 기븐스를 바라보고 있었다.

기븐스는 유유히 다이아몬드를 돌아 홈 플레이트를 밟으며 선행 주자였던 테리엇을 강하게 끌어안고 기쁨을 표했다.

"잘했어!"

"정말 멋진 홈런이었어!"

"이거 4차전에서도 내가 설 자리는 없겠는데?"

선수들이 한마디씩 내뱉으며 하이파이브와 함께 기븐스의 헬멧을 신나게 두드렸다.

기븐스는 그런 동료들의 축하를 온몸으로 받고 나서는 헬멧을 벗으며 음흉한 미소를 지어 보였다.

"아까 한 말 꼭 지키라고, 한 트럭."

기븐스가 바라보는 곳에는 조금 전까지 환한 미소를 짓고 있던 존슨이 입을 벌린 채 그대로 굳어 있었다.

그리고 그 말의 의미를 알고 있는 동료들은 서로를 바라보며 웃음을 참느라 애쓰는 모습이었다.

민우 역시 그런 기븐스와 존슨의 모습에 피식 웃으며 고개를 절레절레 저었다.

'이렇게 보면 다들 애란 말이지.'

10살 이상 차이 나는 민우에게 애 취급을 당하는 줄도 모르고 두 어르신은 곧 피식거리며 장난을 치기 시작했다.

이후 펠리즈가 다저스의 세 타자를 삼진 하나와 땅볼 두 개로 돌려세우며 추가 실점 없이 이닝을 마무리 지었다.

하지만, 역전을 코앞에 두고 믿었던 마무리 투수가 무너지며 레인저스는 크게 휘청거리고 말았다.

그리고 그 결과는 9회 말, 허무한 삼자범퇴였다.

경기 종료 후, 레인저스 볼 파크 인 알링턴을 빠져나가는 레인저스 팬들의 어깨는 좀처럼 펴질 줄을 몰랐다.

＊　　　＊　　　＊

경기가 끝난 뒤, 각종 포털 사이트의 뉴스 페이지와 메이저리그 공식 홈페이지 등 수많은 곳이 다저스의 승리 소식으로 도배가 되기 시작했다.

〈'무한질주' 다저스, 공수주 완벽 조화로 월드 시리즈 3차전 승리하며 3연승 달성. 월드 시리즈 무패 우승이라는 전무후무한 역사 써지나.〉

다저스가 레인저스의 홈에서도 질주를 멈추지 않고 3승을 챙겼다. 그리고 이제, 메이저리그 역사에서 전무후무의 기록인 월드 시리즈 무패 우승 도전을 눈앞에 뒀다.

디비전 시리즈 제도가 도입된 1985년 이래, 25년이 넘는 시간

동안 포스트 시즌에서 전승으로 우승한 팀은 단 한 팀도 존재하지 않았다.

그나마 그에 가장 근접했던 팀은 1999년의 뉴욕 양키스로, 11승 1패를 기록하며 월드 시리즈 우승 트로피를 들어 올렸던……

〈강민우 9경기 10홈런으로 또 하나의 대기록 달성. 기븐스는 결승 투런 홈런… 다저스는 우승까지 단 1승.〉

LA다저스의 강민우 선수가 월드 시리즈에서 또 하나의 대기록을 만들었다.

이전까지 그 어떤 위대한 타자들도 기록하지 못했던 포스트 시즌 최다 경기인 9경기 홈런 기록을 세움과 동시에, 최다 홈런인 10개의 홈런을 기록하며 두 가지 기록을 한 번에 새로 써 내려갔다.

'슈퍼 루키', '코리안 몬스터', '기록 파괴자'……. 수없이 많은 별명들이 말해주듯 그의 활약은 타의 추종을 불허하며 100년에 한 번 나올 선수라는 호칭까지 줄을 잇고 있다.

이제 다저스가 4차전에서 승리를 따낸다면 강민우 선수는 또 하나의 최초이자 유일무이의 기록에 이름을 남기게……

다저스의 무패 우승.

민우의 신기록 달성.

이 두 가지 이슈는 순식간에 다저스의 팬 커뮤니티를 강타했다.

팬들이 기사를 퍼와 소식을 전한 지 1분이 채 지나지 않아 게시물들이 다음 페이지로 밀려나고 있었다.

그중 베스트 게시물이 되어 게시판 상단에 고정이 된 게시물에는 팬들의 댓글이 우후죽순으로 달리고 있었다.

—장난처럼 얘기하던 무패 우승이 이제 1승밖에 남지 않았다니! 믿기지가 않아!

—누구나 마찬가지일걸? 솔직히 강이 홈런을 뻥뻥 때려대는 덕에 우승도 가능하리라고는 생각하고 있었지만… 무패 우승이라니! 이건 달성만 한다면 100년이 지나도 깨지지 않을 거야!

—거기다 강민우가 만약 4차전에서도 홈런을 친다면… 무려 포스트 시즌 10경기 홈런이라고! 10경기 11홈런! 2개를 치면 12홈런! 3개를 치면 13홈런…….

다저스의 팬들은 너도나도 무패 우승이라는 달콤함에 취해 상상의 나래를 펴나가고 있었다.

그런 다저스의 팬들을 급격히 걱정으로 몰아넣은 것은 한 팬의 단순하고도 순수한 의문이었다.

—무패 우승. 강의 신기록. 상상만 해도 즐겁긴 한데… 레인

저스가 가만히 있을까? 내가 레인저스 선수들이라면 제대로 독기를 품고 있을 것 같은데?

─아… 그것도 틀린 말은 아니네. 궁지에 몰리면 쥐도 고양이를 문다고 하는 말이 괜히 있는 게 아니니까.

─이미 새로운 홈런 기록의 희생양이 됐는데, 레인저스로서는 우승을 내어주더라도 무패 우승만큼은 필사적으로 막고 싶겠지. 아마 강에게 몸 맞는 공을 던진다든가, 전 타석에서 고의 사구로 민우를 내보낼지도 몰라.

─고의 사구? 오늘 고의 사구를 때려서 홈런을 만들었잖아?

─휴우, 그 말은 반만 맞아. 그건 루이스가 안일하게 공을 빼서 강의 타격 범위에 딱 들어맞아서 그런 거잖아. 아마 고의 사구 줄 때 이젠 배트를 던져야 닿을 거리로 멀찌감치 *빼* 버릴걸?

─투수가 공을 주지 않으면 타자는 공을 칠 수가 없잖아. 어떻게 방법이 없는 건가?

─그런 게 있었으면 그 유명한 본즈의 홈런 기록 앞자리가 바뀌었을지도 모르지.

─차라리 연속 도루로 3루를 훔치는 게 더 빠를걸?

─나쁘지 않은데? 강이라면 충분히 해낼 거야.

─으으으. 분명 우승이 코앞인데 왜 이렇게 불안한 거야!

이후에도 팬 커뮤니티에서는 4차전에 대한 예상과 논쟁이 끝없이 오고갔다.

그렇게 월드 시리즈의 우승이 걸린 4차전 경기 시간이 코앞으로 다가올수록 팬들의 긴장감은 극에 달해갔다.

그리고 그건 다저스의 선수들도 마찬가지였다.

＊　　　　＊　　　　＊

다저스의 숙소로 사용되는 호텔의 로비에는 적막만이 흐르고 있었다.

적지에서도 이어진 연승에 월드 시리즈 우승을 코앞에 둔 상황이었기에 선수들은 일찌감치 자신들의 방에 들어가 잠을 자거나, 운동을 하거나, 상대 전력을 분석하는 등 각자의 방법으로 최후의 결전이 될 수도 있는 4차전 경기를 준비하고 있었다.

그리고 민우는 그동안 쌓아 두었던 포인트를 바라보며 씁쓸한 고민에 휩싸여 있었다.

'포인트는 충분한데, 살 만한 게 없다.'

포스트 시즌 6경기 연속 홈런 신기록으로 받은 5,000포인트를 시작으로 PS 8경기 홈런 타이로 500포인트, 9경기 신기록으로 1,000포인트, 10경기 신기록으로 1,500포인트를 받았다.

여기에 그동안 기록했던 안타부터 홈런, 타점, 득점까지 쌓이면서 현재 포인트는 14,655포인트가 모인 상태였다.

이중 불의의 사고를 대비한 5,000포인트를 제외하더라도 9,655포인트를 사용할 수 있는 것이었다.

하지만 포인트 상점에는 고의 사구를 타개할 만한 새로운 스킬이나 특성이 갱신되어 있지 않았다.

다저스의 팬들이 그러하듯, 민우 역시 더 이상 상대의 고의 사구를 건드릴 수 없을 것이라는 걸 충분히 예측하고 있었다.

그나마 타석에서 사용할 만한 것이라고는 '투기 발산' 스킬 정도가 있을 뿐이었다.

오늘 경기에서 '초감각'을 사용하지 않았다면 4차전에서 사용할 수 있었겠지만, 그랬다면 오늘 경기의 결과가 어떻게 달라졌을지는 아무도 모를 일이었다.

'이거라도 사야 하는 걸까?'

대신 민우의 눈에 띈 것은 누상에 나갔을 때 사용할 법한 것들이었다.

19. 그린 라이트: 누상에서 도루 타이밍을 잡는 데 도움을 준다. —4,200p

21. 협살 탈출: 도루에 실패하여 협살 상황에 처했을 때, 반응 속도가 빨라지며 상대 야수의 실책 확률이 크게 높아진다. —3,600p

민우는 그런 라이트가 현재로서는 딱히 필요가 없으리라 생각하고 지나치려 했다.

그때, 문득 그 뇌리에 하나의 상황이 떠올랐다.

'혹시… 그것도 가능할까?'

민우는 곧장 기존에 소유한 특성과 스킬, 그리고 새로 구입할 수 있는 특성으로 얻을 수 있는 이득이 포인트를 지불할 만한 가치가 있는지를 빠르게 계산하기 시작했다.

그리고 잠시 뒤, 민우의 입가에 의미심장한 미소가 피어올랐다.

'이거 어쩌면… 제대로 허를 찌를 수 있을지도 모르겠어.'

고민이 끝나자 행동에는 거침이 없었다.

―'그린 라이트'를 구매하였습니다.

―4,200포인트가 소모됩니다.

―현재 보유 포인트: 10,455

―'협살 탈출'을 구매하였습니다.

―3,600포인트가 소모됩니다.

―현재 보유 포인트: 6,855

두 개의 특성을 구입한 민우는 고민 없이 포인트 상점을 종료했다.

민우의 생각대로 특성이 먹혀들지 확인하기 위해서는 결국 4차전 경기가 시작되어야 알 수 있을 것이다.

　'마지막이다. 같은 값이면 다홍치마라고, 무패 우승이라는 꿈을 한 번 이루어보자고.'

　월드 시리즈 무패 우승.

　포스트 시즌에서 이룰 수 있는 최고이자 최후의 고지였다.

　자신을 위해 희생하고 또 희생하신 부모님께 바치는 최고의 선물이 되리라.

　민우는 그런 생각과 함께 주먹을 강하게 쥐었다.

제4장

이가 없으면 잇몸으로

　날이 밝고, 시간은 빠르게 흘러 월드 시리즈 4차전 경기 시각은 빠르게 다가왔다.

　이미 3연패를 당해 전패의 위기에 놓인 레인저스였지만 그 팬들은 우승이라는 희망을 버리지 않은 듯, 알링턴 볼파크를 빈자리 하나 없이 가득 메우고 있었다.

　마치 대역전극을 꿈꾸는 듯, 그들의 응원 열기는 그 어느 때보다 후끈하게 달아오른 상태였다.

　레인저스의 팬들은 너 나 할 것 없이 자리에서 모두 일어난 채 손수건을 돌리고, 휘파람을 불고, 박수를 치며 자신들이 응원하는 레인저스의 선수들에게 힘을 불어넣고 있었다.

휘이이익―!

"고! 고! 레인저스!"

"레인저스는 아메리칸리그 최강 팀이다!"

"우리의 저력을 보여주자!"

알링턴 볼파크를 타고 울려 퍼지는 레인저스 팬들의 목소리에는 울분과 같은 감정이 담겨 있었다.

그리고 그 감정은 고스란히 레인저스 선수들에게도 전달되고 있었다.

"이렇게 끝낼 순 없어."

"우리가 여기까지 어떻게 올라왔는데."

"죽을 때 죽더라도 저 재수 없는 자식들한테 크게 한 방 먹이고 죽자고!"

"죽긴 누가 죽어! 우린 레인저스야!"

"긴말 할 것 있어? 우리의 무대는 그라운드야! 자! 나가자! 가서 저 녀석들을 뭉개 버리자고!"

"우오오오!!"

"가자아아!!"

레인저스의 리더, 영의 외침에 선수들이 일제히 함성을 내지르며 그라운드로 튀어나갔다.

"오늘이 마지막이다! 내일은 생각하지 마라! 무패 우승! 우리의 목표는 오직 승리뿐이다!"

"우오오!"

"역사의 주인공이 되는 거야!"

블레이크의 외침에 다저스의 더그아웃에서 일순 레인저스 팬들의 목소리를 파묻는 함성이 쏟아져 나왔다.

그렇게 양 팀이 서로의 목표를 향해 달려갈 준비를 마쳤고, 다저스의 1번 타자인 캐롤이 타석으로 들어서며 월드 시리즈 우승과 탈락이 걸린 월드 시리즈 4차전 경기가 시작되었다.

*   *   *

월드 시리즈 4차전.

원래대로라면 레인저스의 마운드에는 4선발인 토미 헌터가 올라야 했다.

시즌 13승 4패에 3.73이라는 방어율을 기록하며 3점 이상의 실점을 허용한 경기가 3번뿐일 정도로 꾸준한 모습을 보였고, 워싱턴 감독은 그를 포스트 시즌 4선발로 낙점하며 신뢰하는 모습을 보였다.

하지만 그런 기대와 달리 포스트 시즌에서는 2경기 선발로 나와 1패만을 기록하며 방어율 6점대로 상당히 부진한 모습을 보였다.

더 이상 뒤로 물러날 곳이 없는 레인저스의 선택은 팀 부동의 에이스이자 1선발투수인 클리프 리였다.

포스트 시즌과 같은 단기전에서 종종 볼 수 있는 변칙 선발이기에 그리 놀라운 것은 아니었다.

더군다나 리는 1차전에서 3이닝 만을 던지고 강판을 당했었기에 체력적으로는 여유가 있다고 생각할 수 있었다.

하지만 4일 휴식 뒤 선발이라는 패턴이 어그러지는 것이기에 3일밖에 휴식을 취하지 못한 리가 과연 호투를 보일지는 미지수였다.

이런 선택을 해야 한다는 것 자체가 레인저스의 상황이 절박하다는 것을 말해주는 것이기도 했다.

그리고 하늘이 레인저스의 편을 들어주는 것인지, 리의 투구는 1회 초부터 거침이 없었다.

슈우욱!

팡!

"스트라이크 아웃!"

"스트라이크 아웃!"

1번 캐롤을 5구 만에 삼진으로 돌려세운 리는 2번 이디어까지 4구 만에 삼진으로 돌려세우며 초반부터 위력투를 보이고 있었다.

정확하게 스트라이크존의 모서리에 걸치는 공에 이디어가 고개를 절레절레 저으며 더그아웃으로 돌아가고 3번 타자인 로니가 타석으로 들어서고 있었다.

—두 타자 연속 삼진! 와~ 오늘 경기, 초반부터 리 선수의 공이 굉장히 묵직하네요. 1차전에서 3이닝 만을 던지고 무너졌던 것을 설욕이라도 하려는 것처럼 거침없이 스트라이크존에 공을 꽂아 넣고 있습니다.

　—존의 구석구석을 과감히 찌르는 모습은 디비전 시리즈와 챔피언십 시리즈에서의 그 모습으로 되돌아온 것 같은 모습이네요.

　'오늘 구위가 장난이 아닌데? 진짜 이 악물고 나왔구나.'

　혹여나 자신의 차례까지 돌아올까 하는 마음에 민우는 일찌감치 배트를 만지작거리고 있었다.

　하지만 그런 기대와 달리 리의 구위는 월드 시리즈 1차전의 그것보다 훨씬 좋아진 모습을 보이고 있었다.

　스트라이크존의 구석구석을 찌르는 제구력도 되찾은 모습이었고, 변화구가 휘어지는 각도 더욱 예리해진 모습이었다.

　'1차전 강판이 오히려 약이 된 건가.'

　민우 그 자신이 리였더라도 이를 악물고 던지리라는 생각이 들었다.

　'어쩌면 상대해 줄지도 모르겠는데?'

　슈우욱!

　딱!

초구와 2구를 거침없이 꽂아 넣으며 2스트라이크를 잡힌 로니는 3구째에 결국 배트를 내밀고 말았다.

하지만 리는 그럴 줄 알았다는 듯, 뚝 떨어지는 커브를 구사했다.

94마일에서 76마일로, 거의 20마일 가까이 떨어져 버린 구속에 로니가 이를 악물고 배트 스피드를 늦추려 노력했지만 결과는 투수 앞 땅볼이었다.

툭!

"아웃!"

리가 자신의 앞으로 굴러온 공을 주워 1루를 향해 가볍게 던졌고, 1루심은 주먹을 들어 보이며 아웃을 선언했다.

레인저스의 팬들은 리의 구위에 승리에 대한 기대감이 커졌다는 듯, 박수를 치며 가볍게 환호성을 지르고 있었다.

레인저스와 달리 이미 3승을 챙긴 다저스는 4차전 선발투수로 구로다를 마운드에 올렸다.

싱커와 스플리터 등을 구사하며 땅볼 유도에 능한 구로다였기에 드넓은 알링턴 볼파크에서 상대방의 타격을 억제하기에 적절하리라는 생각에서였다.

하지만 그런 생각은 1회부터 깨지기 시작했다.

슈우욱!

따악!

"와아아!"

따악!

"우와아아!"

레인저스의 테이블 세터는 구로다의 싱커와 스플리터를 초구부터 빠르게 받아치며 연속 안타를 만들어냈다.

단 2개의 공을 뿌렸을 뿐임에도 무사 주자 1, 2루가 만들어지는 모습에 구로다와 바라하스의 얼굴에는 당혹스러운 표정이 피어오르고 있었다.

'이 악물고 친다'라는 말이 어울릴 정도로 레인저스 선수들의 집중력은 그 어느 때보다 매섭게 느껴지고 있었다.

그리고 그런 그들의 모습이 다저스 배터리를 필요 이상으로 긴장하게 만들었다.

슈우욱!

팡!

"베이스 온 볼스!"

테이블 세터의 매서운 타격에 공을 반 개 정도 빼는 투구로 가져갔던 다저스 배터리였지만, 마치 그런 모습을 비웃기라도 하는 것처럼 해밀턴의 배트는 그리 쉽게 돌아 나오지 않았다.

그 역시 엄청난 집중력을 보이며 공 반 개라는 미묘한 차이를 읽어내고 있었던 것이다.

앞선 두 개의 안타는 각각 초구에 얻어맞은 것이었고, 해밀턴에게 볼넷을 내어준 것 역시 구로다의 구위에는 문제가 없었다.

투수 코치가 마운드를 방문하기에도 애매한 상황이었다.

그리고 타석에는 왕년의 괴수, 게레로가 들어서고 있었다.

'이거 위험한데……'

민우의 직감은 지금의 상황이 허투루 만들어진 것이 아니라고 말하고 있었다.

멀찍이서 보아도 구로다의 공은 스트라이크존의 구석구석을 찔러 들어가고 있었다.

하지만 판정을 내리는 주심에게 공 반 개가 채 안 되는 미묘한 차이가 보인다는 듯, 리에게는 스트라이크 판정을, 구로다에게는 볼 판정을 내리게 만들고 있었다.

타자에게 유인구가 먹히지 않는다면 투수는 결국 아웃 카운트를 잡기 위해 스트라이크존에 던질 수밖에 없었다.

'이 상황에 게레로는 위험해. 같은 공이라도… 게레로는 친다.'

게레로의 팔은 그 어떤 타자들보다도 길었고, 그의 감각은 몹시 매서웠다.

이빨 빠진 호랑이도 맹수는 맹수였다.

더군다나 게레로에겐 아직 날카로운 송곳니가 남아 있었다.

민우는 온몸이 내뿜는 경고 신호에 수비 위치를 일찌감치 뒤쪽으로 옮겨갔다.

하지만 그런 민우의 노력은 얼마 지나지 않아 무색해지고 말았다.

슈우욱!

구로다의 손을 떠난 공이 홈플레이트 앞에서 뚝 떨어져 내렸다.

누가 봐도 스트라이크존의 아래로 빠지는 공이었지만, 게레로는 몸을 완전히 기울이며 강하게 배트를 휘둘렀다.

따아아악!

게레로의 배트에서 터져 나온 무지막지한 타격음이 순식간에 그라운드를 타고 민우의 귀를 파고들었다.

하지만 민우는 제자리에 선 채, 멍하니 하늘을 바라보고 있을 수밖에 없었다.

'하아······.'

타구의 방향은 우측으로 완전히 치우쳐 있었고, 이디어가 그 타구를 따라가는 모습이 보였다.

하지만 곧, 이디어는 자신의 앞을 가로막는 펜스에 속도를 줄이며 등을 기댈 수밖에 없었다.

―떨어지는 공! 그대로 퍼 올렸습니다! 게레로! 우측! 펜스! 그대로! 넘어~ 갑니다! 와우~ 게레로! 그랜드슬램!

―와~ 이걸 넘겨 버리네요. 구로다의 88마일짜리 뚝 떨어

지는 스플리터였는데요. 게레로의 배트를 이끌어내는 완벽한
유인구라고 생각했는데 '역시 게레로구나'라는 생각이 들 정도
로 정말 엄청난 스윙을 보여줬습니다.

—이 홈런으로 레인저스는 앞서 세 경기에서 얻은 점수보
다 더 많은 점수를 1회부터 뽑아내며 멀찌감치 달아납니다!

게레로의 타구가 펜스를 넘어 팬들의 품에 파고들자, 알링
턴 볼파크엔 일순 홈 팬들의 환호성이 쩌렁쩌렁 울려 퍼졌다.

"와아아아아아!!"

"게레로! 게레로!"

마치 그동안의 울분을 터뜨리는 것 같은 그 울림에 레인저
스 선수들은 더욱 전의를 다지기 시작했고, 다저스의 선수들
은 압도를 당하고 있었다.

여기서 추가 실점이 이어진다면 경기의 앞을 알 수 없는 상
황이었다.

하지만 노련한 구로다는 만루 홈런을 맞은 뒤, 비어버린 누
를 보며 애써 마음을 다잡고는 자신의 투구를 이어갔다.

슈우욱!

딱!

"아웃!"

"스트라이크 아웃!"

"아웃!"

크루즈를 2구 만에 유격수 땅볼로 돌려세운 구로다는 이후 6번 킨슬러를 삼구삼진, 프랑코어를 3구 만에 3루수 앞 땅볼로 잡아내며 더 이상의 추가 실점을 허용하지 않았다.

1회부터 만루 홈런을 얻어맞아서인지, 더그아웃으로 돌아온 구로다의 표정은 심각하게 굳어져 있었다.

민우를 포함한 다저스의 선수들은 그런 구로다의 심정을 충분히 이해하고 있었다.

'무패 우승이라는 분위기에 어이없게 찬물을 끼얹게 된 꼴이니까.'

이제 겨우 1회 말이 지났을 뿐이었다.

지금껏 그래왔듯이 언제든지 점수를 내고, 역전을 할 수 있으리라 생각하고 있었다.

하지만 선발투수의 입장에서는 달랐다.

만루 홈런 한 방에 퀄리티 스타트는 물 건너간 상황이었다.

오히려 여기서 추가 실점을 더 내어줬다간 팀 승리에 지대한 영향을 줄 것이라는 부담감이 있을 것이고, 그 부담감이 구위와 제구에 영향을 줄 확률이 높았다.

투수에게 그런 부담을 안겨주지 않으려면 결국 타선이 폭발해야 했다.

'투수의 어깨를 가볍게 하는 건 결국 타자들의 몫이야. 후우, 어제 구입한 특성이 효과가 있을까.'

민우는 기필코 이번 이닝에 점수를 내리라는 생각과 함께 천천히 대기 타석으로 향했다.

2회 초.

슈우욱!

리의 손을 떠난 공이 스트라이크존의 바깥쪽에서 가볍게 휘어져 들어갔다.

따아악!

동시에 매섭게 돌아간 블레이크의 배트가 불을 뿜었고, 타구는 우중간을 가르며 총알처럼 쏘아졌다.

그 모습에 다저스의 더그아웃이 일순간 소란스러워졌다.

"좋아!"

"달려!"

"3루까지 가자!"

타구는 우중간을 완전히 가른 뒤, 튕겨 나오지 않은 채 펜스 앞에서 멈춰 섰다.

타구가 튕겨 나오길 기다리던 해밀턴은 잠시 버벅이고 나서야 타구를 집을 수 있었다.

하지만 블레이크는 지금껏 보았던 그 어떤 주루보다 더욱 빠르게 달리고 있었다.

1루를 지나, 2루에서 멈추지 않은 블레이크는 곧장 3루를 향해 내달리기 시작했다.

그사이 해밀턴이 내야로 송구한 공을 킨슬러가 한 번에 꺼
내 들지 못하며 틈이 생기고 말았다.

—3구! 우중간을 그대로 가르며 굴러가는 타구! 펜스 앞에
서 멈춰 섭니다! 블레이크는 1루 밟고 2루로! 2루! 밟고 3루로!
3루! 3루에서!

좌아아악!
3루를 몇 걸음 앞에 둔 블레이크는 곧장 몸을 날려 3루 베
이스를 터치했다.
팍!
뒤늦게 베이스를 지키던 영의 글러브에 송구가 꽂혔지만 이
미 블레이크는 주먹을 불끈 쥐고 일어서 있었다.

—3루까지 들어갑니다! 블레이크! 주먹을 불끈 쥐어 보입니
다! 블레이크의 3루타로 추격의 발판을 마련하는 다저스!
—알링턴 볼파크에서 가장 깊은 곳으로 굴러가는 타구였
고, 중계 플레이가 매끄럽지 못했던 결과는 3루타였습니다.
이제 타석에는 다저스의 돌풍의 핵인 선수죠? 강민우 선수가
첫 번째 타석을 맞이하겠습니다.

민우는 소란스러운 더그아웃을 뒤로한 채, 천천히 타석으

로 발걸음을 옮겨갔다.

'자, 어쩔 거냐. 날 1루에 내보낼 거냐. 상대해 줄 거냐.'

노아웃 주자 3루.

플라이 하나면 점수가 나올 상황이었다.

만약 민우를 1루로 내보낸다면 무사 1, 3루 상황이 되는 것이었고, 그 뒤에 병살을 이끌어낸다 하더라도 레인저스는 다저스에게 한 점을 내어주는 것이 거의 확실했다.

민우가 타석에 들어서자 포수인 몰리나의 고개가 곧장 더그아웃으로 향했다.

그리고 무언가 사인을 받은 듯, 가볍게 고개를 끄덕이고는 자리에서 일어섰다.

고의 사구로 민우를 내보내겠다는 뜻이었다.

그 모습에 민우는 혹시나 칠 만한 공을 던져 주지 않을까 생각했지만 이미 크게 데인 레인저스는 민우의 배트가 닿지 않을 거리로 공을 빼버렸다.

'쩝.'

그렇게 4개의 공이 바깥으로 빠진 뒤, 민우는 배트를 던져 놓고 천천히 1루로 향했다.

띠링!

[출루에 성공하여 '존재감' 특성의 효과가 발동됩니다.]

[상대 투수의 모든 능력치가 일시적으로 3% 하락합니다.]

띠링!

[볼넷으로 인해 '부스터' 특성의 효과가 발동됩니다.]

[일시적으로 주력이 3% 상승합니다.]

익숙한 메시지들이 민우의 시야에 나타났다 사라졌고, 뒤이어 처음 보는 메시지가 민우의 눈앞에 떠올랐다.

띠링!

[출루로 인해 '그린 라이트' 특성의 효과가 발동됩니다.]

'응?'

다른 특성과 달리 능력치가 상승하거나 하락했다는 메시지가 없는 모습에 민우가 갸우뚱거리는 순간, 리와 몰리나의 머리 위로 무색의 반투명한 구체 하나가 생겨났다.

'뭐지?'

처음 보는 광경에 잠시 당황한 것도 잠시, 리의 머리 위에 떠 있던 구체의 색깔이 빠르게 초록색으로 바뀌어갔다.

'초록색?'

색깔이 바뀐 걸 보자, 민우의 뇌리에 '레이더' 특성이 스쳐 지나갔다.

'레이더 특성도 색깔로……'

민우가 채 생각을 다 하기도 전에 리의 손에서 공이 뿌려졌다.

슈우욱!

팡!

"스트라이크!"

민우는 본능적으로 리드 폭을 크게 늘리다 포수의 미트에 그대로 꽂히는 공에 급히 1루로 되돌아갔다.

공을 받은 몰리나의 머리 위에 떠 있던 구체의 색깔이 붉게 물들었기 때문이었다.

슈우욱!

팡!

민우가 베이스를 밟음과 동시에 공을 받은 1루수의 글러브가 민우의 몸에 와 닿았다.

그 단 한 번의 견제 동작으로 민우는 가볍게 판단을 내릴 수 있었다.

'역시 똑같아. 초록색은 그린 라이트, 뛰어도 된다는 소리다. 반대로 붉은색은 위험신호. 알려주는 건 반 박자쯤 전인가?'

몰리나의 머리 위에 보이던 구체의 색깔이 붉게 바뀌며 위험신호를 내뿜은 뒤에야 몰리나가 1루로 공을 뿌렸다.

'도루 타이밍에 도움을 준다는 게 이런 의미였던 거구나. 인간 신호등이라니.'

마치 신호등처럼 초록빛으로, 붉은빛으로 변하는 머리 위의 구체에 민우의 입가에 허탈한 미소가 피어올랐다.

'잠깐… 그럼 회색이라도 뜨면 그대로 죽는단 소리인가?'

확인해 보려면 그런 상황을 만들어야 했지만 굳이 이런 중요한 경기에서 일부러 죽을 필요는 없었다.

그때, 1루 코치가 민우에게 다가와 무언가 지시를 내렸고, 민우는 곧 고개를 끄덕이며 리드 폭을 벌렸다.

3루를 바라보니 3루 코치 역시 블레이크에게 무언가 이야기를 하며 멀어지는 모습이 보였다.

민우는 그 모습에서 시선을 돌려 리의 머리 위에 떠 있는 구체의 변화를 예의 주시했다.

그리고 구체의 색깔이 초록빛으로 바뀌는 순간.

타다다닷!

민우가 잽싸게 스타트를 끊었고, 투구 동작을 이어가던 리의 눈빛이 일순간 흔들렸다.

견제 동작으로 갈 수 없는 타이밍에 이루어진 완벽한 도루 시도였다.

그리고 그 잠깐의 흔들림이 리의 제구에도 순간적으로 영향을 미쳤다.

슈우우욱!

팡!

"볼!"

완전히 높이 날아오는 공을 포구한 몰리나가 곧장 2루를 향해 공을 뿌리려 했다.

그 모습에 두 눈을 크게 뜬 리가 급히 외쳤다.

"안 돼!"

그 외침에 몰리나는 잊고 있던 3루 주자를 떠올렸다.

하지만 몰리나의 팔은 이미 뒤에서 앞으로 휘둘러졌고, 리가 커트를 위해 급히 점프를 했지만 손에 닿지 않았다.

그렇게 몰리나의 송구는 느릿느릿하게 2루로 향해 날아갔다.

타다다닷!

그리고 동시에 스타트를 끊었던 블레이크가 매섭게 홈을 파고들었다.

촤아아악!

다저스의 첫 득점이 홈스틸로 이루어지는 순간이었다.

─주자 스타트! 아! 포수의 송구가 어설프게 이루어지고 그 사이 3루 주자 홈으로 대시! 2루에서 급히 공을 뿌리지만… 여유 있게 세이프! 홈에서 세이프입니다! 더블 스틸 성공! 블레이크의 홈스틸로 한 점을 따라붙는 다저스!

송구만 완벽했더라면 동 타이밍이 나왔을 상황이었다.

하지만 리의 외침에 몰리나의 송구 실수가 발생하고 말았고, 타이밍을 완전히 빼앗기고 만 것이었다.

다저스의 작전에 완전히 말려든 상황에 레인저스의 배터리는 황당한 얼굴로 서로를 바라보고 있었다.

겨우 한 점을 내어준 것이었지만, 안타를 내어준 것보다 더 기분 나쁜 점수였다.

띠링!

[도루 성공으로 인해 '부스터' 특성의 효과가 강화됩니다.]

[일시적으로 주력이 6% 상승합니다.]

민우는 시야에 떠오르는 익숙한 메시지보다 조금 전 자신의 눈에 보였던 처음 보는 기호에 신경이 쏠려 있었다.

'느낌표. 분명 느낌표였어.'

2루를 향해 전력으로 질주를 하며 몰리나를 힐긋 바라봤을 때, 몰리나의 머리 위에 떠 있던 구체에 붉은 느낌표가 생겨났다.

그리고 그 결과는 송구 미스로 나타났다.

이 두 가지로 내릴 수 있는 결론은 하나뿐이었다.

'상대의 실책이 나올 때에도 알려준다 이건가. 그런 거라면 포구 미스 같은 경우에도 적용되겠지.'

만약 그 생각이 맞다면 추후 홈스틸을 시도할 일이 생길 때, 이 특성이 더욱 도움이 될 것이라는 생각이 들었다.

상황은 이제 노아웃 주자 2루로 바뀌어 있었다.

특성 파악이 대충 끝난 이상, 고민할 것도 없었다.

투수의 동작 하나하나를 세심하게 관찰해야 했던 이전과 달리, 지금은 머리 위의 구체에만 온 신경을 집중하면 됐다.

과감히 한계치까지 리드 폭을 넓히는 민우의 모습은 몰리나의 미간을 와락 찌푸리게 만들고 있었다.

'저 자식이 또?'

마치 '나 뛸 거야. 3루로 갈 거야'라고 온몸으로 외치는 듯한 모습에 타자를 상대하는 것에 도통 집중이 되질 않았다.

사실 몰리나의 도루 저지율은 왕년엔 4할을 넘을 때도 있었다.

하지만 노쇠화가 진행되고 있는 지금은 2할을 갓 넘기는 수준이었다.

더군다나 만약 민우가 3루로, 그리고 홈까지 들어온다면 레인저스의 고의 사구 작전은 무용이 되는 것이었기에 더욱 신경이 쓰일 수밖에 없었다.

볼카운트는 1볼 1스트라이크.

몰리나는 리에게 힐긋 눈치를 주며 피치아웃을 요구했다.

리 역시 등 뒤가 신경 쓰였기에 가볍게 고개를 끄덕이고는 몰리나가 요구하는 높은 코스의 빠른 공을 던졌다.

슈우욱!

팡!

"볼!"

공을 받음과 동시에 자세를 일으키는 몰리나의 동작은 전성기의 그것을 보는 듯, 몹시 매끄러웠다.

하지만 민우는 그럴 줄 알았다는 듯, 재빨리 2루로 돌아간 뒤였다.

'뛸 생각은 없는 건가?'

그런 생각이 들었지만 민우의 주력을 생각한다면 방심할 수는 없었다.

더 이상의 피치아웃은 위험했기에 몰리나는 리에게 견제구를 요구했다.

슈우욱!

촤아악!

팡!

슈우욱!

타닷!

팡!

계속되는 견제구에 민우의 유니폼이 흙색으로 물들어갔다.

하지만 그럼에도 민우는 꿋꿋이 처음의 그 리드 폭을 유지하는 뚝심을 보였다.

만약 이곳에 다저스타디움이었다면 벌써 야유가 쏟아졌을 상황이었지만 이곳은 알링턴 볼파크였다.

레인저스의 팬들은 민우가 득점권에 있다는 것이 얼마나 위험한지 알고 있었기에 부디 민우가 잡히기를 응원하고 있었다.

보통의 선수였다면 체력적으로나 정신적으로나 스트레스를 받을 법도 했지만, 민우는 지저분해진 겉모습과 달리 꽤나 여유가 있었다.

'붉은빛에 내가 뛸 이유가 없으니까.'

너무나도 적나라하게 눈에 보이는 경고신호에 뛰는 것은 멍청이나 할 짓이었다.

'슬슬 견제구로 날 잡을 수 없다는 걸 느낄 텐데. 허를 찌를 타이밍은… 지금!'

투구를 위해 다리를 들어 올리는 리의 머리 위 구체가 초록빛을 내뿜고 있었다.

그 모습에 민우는 한 치의 고민도 없이 3루를 향해 내달렸다.

타다다닷!

견제구를 뿌리지 않음과 동시에 3루로 쇄도하는 민우의 모습에 몰리나의 얼굴이 와락 구겨졌다.

'젠장!'

팡!

"볼!"

민우가 스타트를 끊자, 켐프는 포수의 시야를 방해하려는 듯 배트를 살짝 휘두르다 멈춰 세웠다.

미트에 꽂힌 공을 곧장 꺼내 든 몰리나가 한 발을 빼며 3루를 향해 강하게 공을 던졌다.

슈우욱!

하지만 그사이, 민우는 3루 베이스를 향해 몸을 날리고 있었다.

좌아아악!

툭!

가볍게 흙먼지를 일으키며 민우의 손이 3루를 터치했고, 반 박자 늦게야 영의 글러브가 민우의 몸에 와 닿았다.

3루심의 판정은 고민 없는 세이프였다.

―주자 뜁니다! 3루 송구! 3루에서! 세이프! 세이프입니다! 강민우의 3루 도루 성공!

―정말 빠르네요. 지금의 도루는 벤치의 작전이라기보다는 강민우 선수의 단독 도루로 보이는데요. 과연 강민우 선수의 이 도루가 어떤 결과를 가져올지, 정말 궁금해지는 순간입니다.

연속 도루를 허용한 몰리나의 얼굴이 눈에 띄게 굳어졌다.

한 베이스, 한 베이스.

숨통을 조여 오는 듯한 민우의 질주에 레인저스의 팬들의 표정도 점점 굳어지고 있었다.

"와~ 진짜 뭐 저런 놈이 다 있냐."

"피치아웃도 안 먹히고, 견제구도 다 피하고, 딱 견제 안 하는 그 타이밍에 바로 뛰어버리네."

"이제 켐프가 플라이만 쳐도 홈에 들어오는 거잖아."

"3볼 1스트라이크야. 볼넷이 될 수도 있어."

"입 조심해. 말이 씨가 된다고."

한 팬의 말에 다른 팬이 그를 나무랐다.

그리고 그 결과는 금방 나오고 말았다.

슈우욱!

팡!

"베이스 온 볼스!"

플라이를 내어주지 않기 위해 낮게 뿌린 공이 뚝 떨어지며 스트라이크존의 아래쪽을 지나치고 말았다.

하지만 켐프는 그 공에 배트를 내밀지 않았고, 곧 1루를 향해 유유히 발걸음을 옮겨갔다.

―아~ 볼넷. 볼넷입니다. 아웃 카운트를 하나도 잡지 못한 채, 벌써 3명의 타자를 출루시키는 리 선수인데요. 양 팀이 초반부터 공격에서 엄청난 집중력을 보여주고 있습니다.

아웃 카운트를 하나도 잡지 못한 채, 벌써 4번째 타자를 상대하게 된 레인저스였다.

휴식 없이 수비에 임하고 있는 야수들은 과도하게 긴장된 몸을 풀기 위해 제자리에서 팔다리를 풀고 있었다.

아웃 카운트를 잡지 못하며 수비 시간이 길어질수록 야수의 집중력은 떨어지게 마련이었고, 자연스럽게 실책이 나올 확률은 더욱 높아질 수밖에 없었다.

더군다나 실책으로 1, 2차전을 크게 말아먹었던 레인저스였기에 그 압박감은 더욱 심하다고 할 수 있었다.

1루와 3루를 힐긋 바라본 몰리나는 머릿속에 병살이라는 그림을 그렸다.

'최상은 3루 주자를 묶고 병살. 최악은 여기서 또 주자를 내보내는 거야. 할 수 있을까.'

잠시 의문을 가졌던 몰리나가 가볍게 고개를 털었다.

'해내야 해.'

생각을 마친 몰리나는 리에게 빠르게 사인을 보내고는 미트를 주먹으로 두들겼다.

팍!

그 모습에 고개를 끄덕인 리가 심호흡을 하고는 1루와 3루로 견제의 시선을 보내고는 홈을 향해 강하게 공을 뿌렸다.

슈우욱!

스트라이크존의 한가운데를 찌를 듯 날아오는 그 공에 바라하스의 배트가 매섭게 돌아갔다.

하지만 곧 바라하스의 표정엔 당혹감이 서렸다.

홈 플레이트 부근에서 살짝 휘어지는 그 궤적은 커트였기 때문이었다.

딱!

바라하스의 몸 쪽으로 휘어진 리의 커터는 바라하스의 배트를 동강 내며 2루수 방면으로 튕겨 나갔다.

병살타가 만들어질 상황에 민우는 곧장 3루 베이스를 박차고 홈으로 달려갔다.

─초구! 땅볼! 2루수 방면 느린 땅볼인데요. 2루수가 홈으로 던집니다!

민우가 홈으로 쇄도하는 모습에 킨슬러의 송구는 2루가 아닌 홈으로 향했다.

그사이 1루 주자는 2루로, 타자 주자는 1루를 파고들며 병살 위기를 벗어났다.

─런 다운에 걸리는 강민우 선수! 방향을 바꿔 다시 3루로!

민우는 시야에 나타난 새로운 궤적에 빠르게 뒤로 돌아서며 놀란 표정을 짓고 있었다.

'이건 뭐지? 이쪽으로 가라는 건가?'

그의 시야에는 '레이더' 특성처럼 화살표가 보이고 있었고,

그라운드에는 길을 알려주는 듯한 라인이 이리저리 휘어지며 그려져 있었다.

그리고 그 색은 온통 빨강으로 물들어 있었다.

하지만 깊이 생각할 시간이 없었다.

포수가 공을 잡고 달려오는 모습과 함께 그 머리 위의 구체가 붉은빛을 내뿜는 모습에 민우는 곧장 몸을 돌렸다.

뒤쪽에서 쫓아오는 야수의 머리 위의 구체는 초록빛을 뿜고 있었지만, 민우가 몸을 돌리자 순식간에 노란빛으로, 다시 붉은빛으로 변해갔다.

동시에 민우의 시야에 보이던 화살표가 다시 등 뒤를 가리키자 민우는 고민 없이 몸을 돌렸다.

그와 동시에 머리 위로 포수의 송구가 훅하고 지나쳤다.

─공은 영에게! 다시 홈으로!

급제동과 급회전을 거듭하며 근육이 당겨왔지만 능력치 덕분인지 공을 쥔 야수에게 쉬이 잡히지 않고 있었다.

'뭐 이렇게 빨라?'

마치 복싱에서 위빙을 하는 듯한 민우의 페이크 동작과 재빠른 움직임에 몰리나가 당혹스러운 표정을 짓고 있었다.

잡힐 듯, 잡히지 않으면서 완벽하게 방향을 바꿔 버리는 그 모습은 가히 예술의 경지였다.

야수들의 페이크 동작에도 낚이지 않고, 손에서 공이 떨어지는 타이밍에 정확히 방향을 바꿔 버리는 통에 이리저리 움직이는 야수들의 긴장감은 극에 달했다.

그리고 순간, 민우의 시야에 포수의 머리 위에 붉은빛의 느낌표가 떠오르는 것이 보였다.

그리고 그라운드에 늘어진 붉은빛의 라인들이 전부 초록색으로 바뀌었다.

'지금!'

그 모습에 민우는 본능적으로 홈을 향해 쇄도했고, 포수가 3루 방향으로 뿌린 공은 영의 키를 훌쩍 넘어갈 높이로 날아갔다.

'어어?'

팍!

영이 힘껏 점프를 해서 그 공을 잡아내 다시 홈을 향해 뿌렸지만, 그 잠깐의 틈에 민우는 전력으로 달려 홈을 향해 몸을 날린 뒤였다.

촤아아악!

팍!

3루와 홈을 오가던 움직임이 홈에서 멈추자, 모두의 시선이 주심에게로 향했다.

주심은 빠르게 양팔을 벌리며 민우가 이겼음을 모두에게 알렸다.

—송구 높았어요! 강민우는 홈으로! 홈으로!! 세이프! 세이프입니다! 런 다운에서 탈출하며 홈을 파고드는데 성공하는 강민우 선수! 와~ 정말 민첩하네요!

—결정적인 상황에서 뼈아픈 실책이 나오고 마는 레인저스입니다. 스코어는 이제 두 점 차로 좁혀집니다.

—정말 보기 드문 장면인데요. 런 다운에 걸리면 열에 아홉은 죽는다고 봐야 되거든요. 지금 같은 경우도 몰이가 잘 되었는데 강민우 선수가 잘 피했어요. 그리고 마지막에 몰리나의 송구가 높게 형성되면서 백업을 왔던 앤드루스가 높이 점프를 하면서 틈이 생겼고요. 강민우 선수가 아슬아슬하게 홈을 파고드는데 성공한 것입니다.

—잘못된 송구 하나가 결국 화를 부르고 말았습니다. 스코어 4 대 2. 여전히 아웃 카운트는 0입니다. 주자는 이제 1, 2루 상황!

더블 스틸에 이어 보기 드문 장면이 계속해서 터져 나오며 2점을 내어주는 모습에 레인저스 팬들은 충격이라도 받은 듯, 망연자실한 표정을 짓고 있었다.

"도대체 이게 어떻게 돌아가고 있는 거야?"

"야구의 신은 우릴 버린 건가?"

"이건 말도 안 된다고!"

만루 홈런 한 방으로 가져왔던 분위기는 순식간에 다저스 쪽으로 넘어가고 있었다.

무사 주자 1, 2루 상황.

슈우욱!

딱!

테리엇의 배트가 매섭게 돌아갔지만 그 소리는 꽤나 둔탁했다.

빗맞은 타구는 바로 조금 전, 바라하스가 때렸던 2루수 앞으로 낮게 바운드됐다.

이번에는 3루에 주자가 없었기에 다른 선택지가 없었다.

킨슬러는 두 번의 실수는 없다는 듯, 곧장 2루로 공을 뿌렸고, 공을 받은 앤드루스가 곧장 베이스를 터치하며 1루를 향해 공을 뿌렸다.

"아웃!"

"아웃!"

다저스 공격의 흐름을 끊는 완벽한 병살 처리에 레인저스 팬들이 안도감이 섞인 환호성을 내질렀다.

무사 1, 2루 상황은 순식간에 2사 3루 상황으로 바뀌었다.

굳은 표정으로 더그아웃으로 돌아온 테리엇에게 선수들은 괜찮다는 듯, 그 엉덩이를 툭 쳐주며 위로를 건넸다.

그리고 그런 테리엇을 대신해 기븐스의 배트가 매섭게 돌아갔다.

따아악!

기븐스는 리의 3구째 느린 커브볼을 한 손을 놓은 채 받아쳐 우중간으로 날려 보냈다.

중견수와 우익수가 급히 타구를 쫓아 집어 들었지만, 기븐스는 1루를 지나 선 채로 2루에 안착할 수 있었다.

그리고 3루에 있던 켐프가 가볍게 홈을 밟으며 1점을 추가해 점수 차는 이제 1점으로 좁혀졌다.

한숨을 돌릴 틈도 없이 다시금 실점을 허용하는 리의 모습을 바라보던 워싱턴 감독은 두통이 몰려오는 듯한 느낌에 미간에 깊은 주름을 잡았다.

'하아… 큰일이군. 강민우에게 고의 사구를 하나 내어준 것이 이런 결과로 이어질 줄이야.'

다저스의 타선이 한 바퀴를 돈 지금, 사실 리가 정타를 맞은 것은 겨우 2개에 불과했다.

그런데 실점은 무려 3점을 허용했다.

워싱턴 감독은 이런 실점의 시작부터 끝이 결국 민우에 대한 과도한 경계에서 이루어졌다고 생각하고 있었다.

'더블스틸로 1실점에 3루 도루로 이미 3루타나 마찬가지가 되어버렸고… 런 다운에서 탈출하면서 또 1실점. 병살 처리하지 못한 주자가 결국 들어오면서 1실점.'

민우를 잡아내겠다는 의욕이 앞서며 일어나지 말아야 할 일들이 연속해서 일어나고 있었다.

지금의 3실점은 연속 안타를 허용하며 실점을 내어준 것보다 더욱 충격이 컸다.

투수가 얻어맞으면 투수의 투구 패턴을 바꾸거나 다른 투수를 올리면 되는 것이었다.

하지만 지금은 오로지 발로 만들어낸 점수만 해도 2점이었다.

'고의 사구 작전이 오히려 독이 되고 있는 건가……'

사실 민우라고 모든 공을 다 안타로 만들어낼 수 있는 것은 아니었다.

타율은 그 어떤 선수보다 높았지만, 그 역시 사람이었고 범타로 물러나는 경우가 있었다.

워싱턴 감독이 고의 사구 작전을 사용했던 것은 민우의 장타를 과하게 경계했기 때문이었다.

'후우. 작전에 수정이 필요할지도 모르겠어.'

따악!

"아웃!"

워싱턴 감독이 생각에 잠긴 사이, 캐롤이 중견수 플라이로 돌아서며 다저스의 길고 길었던 2회 초 공격이 끝이 났다.

2회 말.

따악!

따악!

다저스의 공격이 너무 길어져서일까.

구로다의 어깨가 식어버렸는지, 레인저스의 하위 타선에 연속 안타를 허용하고 말았다.

위기 뒤에 기회. 그리고 다시 기회 뒤에 위기가 찾아오고 있었다.

무사 1, 2루가 만들어지자 레인저스는 어떻게든 점수를 벌리겠다는 듯 보내기 번트 작전을 냈다.

슈우욱!

툭!

구로다의 포심 패스트볼을 앤드루스가 가볍게 건드리고는 1루를 향해 달려갔다.

급히 앞으로 달려 내려온 구로다가 공을 주워 들자 바라하스가 곧장 1루를 가리켰다.

"1루!"

그 외침에 구로다는 미련 없이 1루로 공을 뿌렸다.

슈욱!

팡!

"아웃!"

구로다는 바라하스의 빠른 판단 덕에 빠른 발을 자랑하며 어느새 1루를 지척에 둔 앤드루스를 간발의 차이로 잡아냈다.

―레인저스가 오늘 이를 악 물었네요. 2회부터 보내기 번트

를 시도하며 주자를 각각 한 베이스씩 진루시키는 데 성공합니다.

―이제 큰 플라이 하나만 나오면 바로 1점을 낼 수 있게 되었습니다. 타석에는 앞선 타석에서 안타를 기록했던 2번 영 선수가 들어서고 있습니다.

"영!!"

"한 방 날려 버려!"

"너만 믿는다!!"

레인저스의 팬들의 응원에 영도 의지를 불태웠다.

이전에 상대했던 3명의 투수들과 달리, 구로다의 컨디션은 그리 좋지 않아 보였다.

사실, 앞선 타석에서 받아쳤던 스플리터는 건드려서 좋은 타구가 나오기 쉽지 않은 구종이었다.

하지만 오늘 구로다의 컨디션이 좋지 않다는 것을 반증하는 듯, 안타로 만들어낼 수 있었다.

어쩌면 팬들의 바람대로 안타 그 이상을 만들어낼 수 있을지도 몰랐다.

'충분히 가능해. 아니, 해내야 해.'

장타 한 방이면 다저스와의 격차를 다시금 벌릴 수 있었다.

그런 생각과 함께 타석에 들어선 영은 구로다의 손에 모든 정신을 쏟아 부었다.

곧, 구로다의 손에서 공이 뿌려지기 시작했다.

슈우욱!

팡!

"볼!"

초구는 바깥쪽에서 안쪽으로 휘어지는 싱커였지만 아슬아슬하게 아래로 흘러나가며 볼이 되었다.

슈우욱!

팡!

"스트라이크!"

2구째는 영에게 안타를 맞았던 스플리터였는데, 제대로 떨어지지 않은 듯, 스트라이크존의 낮은 코스를 통과하며 스트라이크가 되었다.

주심의 판단이 있기 이전에, 애매하게 떨어져 내리는 스플리터를 놓쳤다는 생각에 영의 표정에 살짝 아쉬움이 드러났다.

하지만 이미 지나간 공에 미련을 버린 영은 다음 공에 다시 집중하기 시작했다.

'꽤나 신중한 모습이네. 역시 장타를 노리고 있는 건가?'

아직 경기가 2회 말인 데다, 주자는 2루와 3루에 있는 상황이었기에 펀치력이 있는 타자라면 장타를 노리는 스윙을 할 확률이 높았다.

이미 일찌감치 뒤로 두어 걸음을 물러서 있던 민우였기에 그런 영의 모습을 더욱 예의 주시하고 있었다.

'영의 펀치력은 무시할 수 없으니까.'

그리고 구로다의 손에서 3번째 공이 뿌려지는 순간.

영이 스트라이드를 강하게 내디디며 배트를 매섭게 휘둘렀다.

따아악!

큼지막한 타격음과 함께 영의 타구가 센터 방면으로 크게 떠올라 날아오고 있었다.

동시에 타구의 궤적을 알리는 라인이 생겼고, 민우의 발 바로 앞에 반원이 생겨났다.

순간 민우는 하나의 작전을 떠올리고는 과장되게 당황한 표정을 지으며 양팔을 들고는 주위를 두리번거리기 시작했다.

그 모습에 좌익수인 캠프와 우익수인 이디어가 동시에 당황한 표정을 지으며 센터 방면으로 달려오기 시작했다.

─센터 방면으로 크게 떠오른 타구! 어어어! 강민우 선수가 시야에서 공을 놓쳤나요?

그 모습에 2루 주자는 3루를 향해 서너 걸음을 옮겨두는 모습이었고, 3루 주자는 베이스를 밟은 채 민우의 움직임을 예의 주시하고 있었다.

'만약 잡는다고 해도 들어올 수 있어!'

시야에서 놓친 상황에서 가까스로 잡더라도 디딤발을 제대로 내디딜 수 없다는 것이 몰리나의 판단이었다.

몰리나는 발이 느린 편이었지만, 민우의 지금의 움직임은 몰리나의 경계심을 누그러뜨리고, 자신감을 불러일으키고 있었다.

마치 시야에서 정말로 공을 놓친 듯한 움직임을 보이던 민우는 공이 지근거리까지 떨어지자 곧장 자세를 안정적으로 바꾸며 글러브를 들어 올렸다.

팍!

공을 잡으며 한 발을 내디딘 민우의 팔이 강하게 홈을 향해 휘둘러졌다.

—어우! 잡았습니다! 그리고 곧장 홈으로 공을 뿌립니다!

쑤아악!

민우가 공을 잡는 순간 스타트를 끊은 몰리나는 귓가를 스치는 바람 소리에 일순 등골이 오싹한 느낌을 받았다.

그리고 그 오싹한 느낌의 정체를 알게 되는 데는 단 3초밖에 걸리지 않았다.

팍!

바라하스가 내민 미트와 그 미트로 꽂히는 송구.

그리고 자신을 향해 돌아서며 자세를 잡는 바라하스의 모습이 순식간에 스쳐 지나갔다.

'이런 젠장……'

몸을 날려도 살아남을 수 없었기에 몰리나는 속도를 줄이며 바라하스와 포옹하듯 부딪혔다.

툭.

바라하스의 미트가 몰리나의 가슴에 닿으며 세 번째 아웃 카운트가 만들어졌다.

―3루 주자 스타트! 홈으로! 홈으로! 홈승부! 홈에서! 기다립니다! 그리고! 아웃! 아웃입니다! 강민우의 엄청난 송구가 몰리나를 잡아냈습니다! 득점에 실패하는 레인저스!

―조금 전에 공을 놓친 듯한 제스처를 보였던 강민우 선수였는데요. 마지막에 공을 발견하고 잡아낸 뒤에 곧장 총알 같은 송구를 뿌렸고, 정확하게 포수 미트로 빨려 들어가면서 바라하스가 정말 편안하게 몰리나를 잡아냈습니다. 3회 초로 이어지겠습니다.

몰리나는 더그아웃으로 향하며 고개를 들지 못했다.

완벽한 판단 미스였다.

민우의 움직임에 현혹되어 방심한 결과는 너무나도 썼다.

정말로 시야에서 놓쳤던 것인지, 자신을 홈으로 뛰게 만들기 위해 수를 쓴 것인지는 확실히 알 수 없었다.

분명 민우의 움직임에 켐프와 이디어도 달려가고 있었으니 말이다.

하지만 어떤 것이 사실이든, 이미 아웃을 당한 것을 되돌릴 수는 없었다.

'다음엔 절대로 당하지 않는다.'

그저 마음을 다시 다잡을 뿐이었다.

"이게 진짜로 먹힐 줄이야……."

"나도 속았다니까. 이 녀석 표정이 너무 리얼해서 전력으로 달려갔어. 후우, 근육이 다 당긴다."

켐프와 이디어의 말에 민우가 피식 웃음을 터뜨렸다.

"리얼하게 안 하면 상대방도 속지 않을 거 아니에요? 어쩔 수 없었어요."

민우의 말에 이디어가 '그건 그렇지' 하며 고개를 끄덕였다.

"이제 같은 수를 두 번 써먹을 순 없겠지만… 지금의 이거 하나로 만약 정말 시야에서 공을 놓쳐도 녀석들의 판단을 반 박자는 느리게 만들 수 있을 거예요."

"하여간 민우 너는 도대체 종잡을 수가 없단 말이야. 내 상식이 계속해서 무너지고 있다고."

이디어는 고개를 절레절레 젓고는 배트를 챙겨 빠르게 대기 타석으로 향했다.

잠시 그 모습을 바라보던 민우는 그라운드로 시선을 돌리며 생각에 잠겼다.

'오늘은 창과 방패의 대결이 아니라 창과 창의 대결이 되고 있어. 어느 팀의 창이 더 날카롭냐가 승패를 가릴 거야.'

구로다와 리 모두 이미 초반부터 대량 실점을 하며 무너지고 있었다.

이 기세를 이어간다면 양 팀의 선발투수는 조기에 강판이 될 확률이 높았다.

그리고 만약 그렇게 된다면 유리한 것은 다저스라고 할 수 있었다.

3회, 양 팀이 사이좋게 삼자범퇴로 물러나면서 잠시 숨고르기를 하는 시간을 가졌다.

그리고 4회 초, 다시금 타선이 폭발하기 시작했다.

민우가 선두 타자로 나서며 주자 없는 상황이 되자, 워싱턴 감독은 고의 사구 작전 대신 정면 승부를 택했다.

그리고 결과는 워닝 트랙에서 잡히는 중견수 플라이였다.

민우를 잡아내고 살짝 마음을 놓은 것인지, 리의 투구에 조그마한 빈틈이 생겼고, 켐프는 그 빈틈을 놓치지 않았다.

따아악!

정갈한 타격음과 함께 높이 솟아오르는 타구에 모두의 시선이 쏠렸다.

켐프가 당겨 친 타구는 라인드라이브의 궤적을 그리며 순식간에 좌측 펜스를 넘어가 사라져 버렸다.

4 대 4의 동점을 허용하는 홈런이었다.

뒤이어 바라하스에게까지 연속 안타를 허용하며 흔들리던 리는 결국 투수 코치에게 공을 넘기며 마운드를 내려가야 했다.

결국 리의 3일 휴식 후 등판은 실패로 끝이 나고 말았다.

그리고 뒤이어 마운드에 오른 투수는 원래 4차전 선발투수로 예정되어 있던 헌터였다.

헌터는 96마일에 육박하는 포심, 투심, 커터를 스트라이크 존에 우겨넣으며 다저스의 하위 타선을 중견수 플라이―좌익수 플라이로 간단하게 돌려세웠다.

그리고 4 대 4, 동점의 균형이 다시 한 번 흔들린 것은 5회 말이었다.

4회 말, 민우의 환상적인 슈퍼캐치로 실점 위기를 넘겼던 구로다는 5회 말, 선두 타자인 앤드루스에게 안타를 얻어맞으며 다시금 출루를 허용했다.

그 뒤, 영을 좌익수 플라이로, 해밀턴을 삼진으로 돌려세우며 한숨을 돌린 구로다의 앞에 만루 홈런의 주인공인 4번 게레로가 들어섰다.

독기를 품고 배트를 휘두르는 레인저스의 타자들에게 수많은 안타를 허용하는 바람에 구로다의 투구 수는 이미 90개를 넘어선 상태였다.

그런 구로다의 구위에 생긴 약간의 빈틈을 놓치지 않고 게레로의 배트가 다시 한 번 불을 뿜었다.

따아아악!

스트라이크존의 바깥쪽 구석을 찌르는 싱커를 허리를 숙인 채, 손목 힘만으로 퍼 올려 우측 펜스를 넘겨 버리는 그 모습은 다저스 선수들을 충격으로 몰아넣었다.

"와아아아아!!"

"예에에에!"

"넘어갔어!!"

"게레로! 게레로!"

동점을 허용하며 살짝 다운되어 있던 알링턴 볼파크의 분위기는 게레로의 홈런 한 방으로 다시금 후끈하게 달아올랐다.

구로다가 결국 홈런을 얻어맞으며 실점을 허용하자, 다저스의 벤치가 즉각적으로 움직였다.

구로다는 마운드로 올라오는 투수 코치에게 공을 건네주고는 쓸쓸히 더그아웃으로 향했다.

4.2이닝 6실점.

평소의 구로다 답지 않은 투구 내용이었고, 그 모습에 가장 실망한 것은 단연 구로다 본인이었다.

하지만 이미 공은 건네진 상황이었고, 이제 그가 할 수 있는 것은 다저스가 분발하여 역전 점수를 내는 것을 응원하는 것뿐이었다.

구로다의 뒤를 이어 마운드를 이어받은 트론코소는 크루즈를 2구 만에 중견수 플라이로 돌려세우며 이닝을 마무리 지었다.

크루즈의 타구를 안정적으로 포구한 민우는 빠르게 더그아웃으로 향하며 생각에 잠겼다.

'이번 타석에도 정면 승부를 해주려나?'

직전 타석에서도 선두 타자로 나섰을 때 정면 승부를 걸어왔던 레인저스였다.

그리고 이번 타석도 선두 타자로 나서게 된 민우였기에 정면 승부를 걸어올 확률이 높았다.

그리고 곧 타석에 들어서자 그 답이 나왔다.

슈우욱!

팡!

"스트라이크!"

바깥쪽 낮은 코스를 절묘하게 찔러 들어오는 투심 패스트볼에 민우의 고개가 가볍게 끄덕여졌다.

'역시. 주자가 없을 때는 볼넷을 내어주는 것보다 정면 승부를 하는 게 낫다고 판단했나 보네.'

볼넷은 100% 출루를 허용하는 것이지만 안타는 100% 쳐

낼 수 없다는 사실은 민우도 잘 알고 있었다.

잘 맞은 타구가 운이 나빠 야수 정면으로 향할 수도 있었고, 바로 직전 타석에서 중견수 라인드라이브로 물러났기에 그런 모습이 워싱턴 감독의 작전에 영향을 준 것 같았다.

그리고 민우는 이런 기회를 놓칠 생각이 없었다.

'새로운 특성을 얻게 된 이상, 볼넷으로 나가는 것도 그리 나쁘진 않지만… 역시 타자라면 짜릿한 손맛이지.'

민우는 그런 생각과 함께 배트를 다잡으며 마운드 위의 헌터를 바라봤다.

헌터는 등판 이후, 지금까지 단 한 개의 안타만을 허용하고 있었다.

그 표정은 미묘하게 자신감이 드러나고 있었고, 마치 뒤늦게 등판한 한을 푸는 듯, 공의 위력은 꽤나 묵직했다.

'까다로운 투수야. 한 번쯤 흔들어줘야 할 것 같은데.'

민우는 그런 생각과 함께 야수들의 위치를 확인했다.

레인저스의 내야진은 민우의 장타를 의식해서인지 민우가 타석에 들어설 때마다 평소의 수비 위치에서 꽤나 뒤로 물러서 있는 상태였다.

그리고 이번 타석에서도 같은 모습을 보이고 있었다.

민우는 일찍이 그 점을 간파하고 있었고, 그들의 허를 찌를 생각을 떠올렸다.

곧, 사인 교환을 마친 헌터가 글러브를 들어 올리며 와인드업 자세를 취한 뒤, 힘차게 공을 뿌렸다.

슈우우욱!

동시에 민우가 타격 자세를 풀고 한 손으로 배트 헤드를 잡으며 번트 자세를 취했다.

툭!

타다다닷!

민우의 번트 타구는 투수와 1루수 사이로 정확히 굴러가기 시작했고, 민우는 타구를 확인하지 않은 채 곧장 1루를 향해 전력 질주를 시작했다.

─앗! 기습 번트를 시도하는 강민우!

그 누구도 예상하지 못한 번트였기에 레인저스 야수진의 움직임엔 순간적으로 정체가 일어났다.

투수와 1루수가 동시에 타구를 쫓아 달려가며 1루가 비었고, 백업을 위해 2루수가 급히 1루를 향해 달려갔다.

그리고 결국 공을 집어 든 것은 마운드에서 급히 뛰어내려 온 투수였다.

헌터는 급한 마음에 공을 집어 들자마자 1루로 몸을 틀어 강하게 뿌렸다.

하지만 예상치 못한 상황이었기에 그 송구 동작은 너무나도 부자연스럽게 이루어지고 말았다.

그리고 그 결과는 최악의 가정을 만들어가기 시작했다.

슈욱!

"어엇!"

"안 돼!"

레인저스 팬들의 비명과 함께 헌터의 송구가 2루수의 글러브를 멀찌감치 빗겨가고 말았다.

─아! 송구가 빗나갔습니다! 빠르게 1루 베이스 커버를 들어온 킨슬러였지만 헌터의 송구가 크게 빗나가고 말았고, 그 사이 강민우 선수는 2루로 방향을 틀었습니다!

1루 베이스를 밟으며 지나간 민우는 자신의 바로 옆으로 타구가 가볍게 튕겨 지나가는 모습에 고민 없이 방향을 틀며 하나의 스킬을 사용했다.

'대도!'

지이잉─

그와 동시에 민우의 시야에 야수들의 머리 위로 초록빛의 구체가 생겨났다.

'협살 상황으로 판단하는 건가?'

잠시 그런 생각이 들었지만 지금은 많은 생각을 할 시간이 없었다.

민우는 순식간에 2루를 지나 3루까지 매섭게 치달렸다.

공이 뒤로 빠짐과 동시에 빠르게 달려 내려온 우익수 프랑코어가 공을 집어 들자마자 3루를 향해 강하게 팔을 휘둘렀다.

슈우우욱!

─강민우! 2루 베이스를 지나 3루로!

쌔에엑!

매섭게 달리며 흔들리는 민우의 시야에 3루 코치가 한쪽 무릎을 꿇고 양팔을 아래로 내리고 있는 모습이 보였다.

그렇게 몸을 날리려던 순간, 3루수의 당황한 표정과 함께 그 머리 위에 떠 있는 구체에 시선이 쏠렸다.

'초록색?'

동시에 그라운드에 초록빛 라인이 생겨나며 홈까지 이어져 있는 모습이 보였다.

'홈으로 뛴다!'

직선으로 내달리던 민우는 곧 그라운드에 그려진 라인을 따라 가볍게 반원을 그리기 시작했다.

동시에 3루 코치도 송구가 높은 것을 확인하고는 곧장 팔을 풍차처럼 휘둘렀다.

그리고 그 예상대로 송구는 3루수의 키를 크게 넘어가며 3루 측 내야 펜스를 강타했다.

—프랑코어! 3루로 공을 뿌립니다… 앗! 잡지 못합니다! 크게 빗나가는 송구는 뒤로 흐르고 그사이 강민우 선수는 홈까지! 홈까지! 홈에서!!

타다다닷!

민우는 뒤쪽에서 들려오는 소리에 미소를 지은 채, 다리 근육을 더욱 조여 갔다.

눈 앞의 포수가 미트를 두드리며 공을 받을 준비를 하는 제스처를 취했지만, 그 머리 위의 구체가 초록빛을 보이고 있었기에 그 동작이 페이크라는 것을 알 수 있었다.

하지만 민우는 일부러 몸을 던지며 화려한 마무리를 지어 주었다.

촤아아악!

흙먼지를 휘날리며 홈플레이트를 훑고 지나간 민우가 강하게 손뼉을 맞부딪히며 환호성을 내질렀다.

"예에에에!"

—그대로 홈~ 인! 와~ 믿을 수 없는 번트 홈런으로 1점을 추가하는 강민우 선수!

—아~ 레인저스로는 너무나도 아쉬운 장면이 계속해서 연출되면서 결국 실점을 내어주고 말았습니다. 두 번의 악송구는 메이저리그에서 볼 수 있는 수비가 아니었습니다.

—더군다나 월드 시리즈에서 이런 광경이 나올 줄은 상상조차 하지 못했는데요. 충격을 받은 레인저스의 팬들이 야유를 쏟아내고 있습니다.

　미친 듯이 질주하며 홈을 점령한 민우의 모습과 실수를 연발하는 레인저스 야수진의 대조적인 모습은 팬들을 망연자실하게 만들고 있었다.
　"우우우!!"
　"우우!!"
　흥분한 일부 팬들은 거친 야유를 쏟아내며 레인저스의 선수들을 질책하고 있었다.
　그들 역시 자신들이 침착했더라면 민우가 1루로 나가는 것도 힘들었을 거라는 것을 잘 알고 있었다.
　그렇기에 지금의 실점에 대한 충격이 더욱 크게 다가오고 있었다.
　'우리가 저 녀석 하나에 이렇게 휘둘리고 있다는 건가?'
　'이대로 패배하면 레인저스는 끝이야.'
　'이제 다시 한 점 차야. 지킬 수 있을까?'
　선수들의 뇌리에는 점차 불안감과 초조함이 자라나기 시작했고, 그들의 몸에 과도한 긴장을 불어넣기 시작했다.
　더그아웃에서 그 모습을 처음부터 끝까지 바라본 워싱턴 감독은 도무지 답이 나오지 않는 상황에 머리를 감싸 쥔 채 난간에 고개를 파묻고 있었다.

'하아. 도대체 저 녀석을 잡으려면 어떻게 해야 하는 거지? 저 녀석이 모든 걸 망치고 있는데도 할 수 있는 게 없다니.'

정면 승부를 택하면 안타를 맞을 수도, 홈런을 맞을 수도 있다고는 생각하고 있었다.

하지만 지금의 번트 홈런은 너무나도 굴욕적이었고 충격적이었다.

겨우 한 점을 내어준 것이었지만 그 충격은 5점을 내어준 것 그 이상으로 다가오고 있었다.

그리고 그런 충격에 직격타를 맞은 이는 마운드 위의 헌터였다.

그의 손에서 시작된 실책이 결국 실점으로 이어졌다는 생각에 순간적으로 자신감을 잃어버리고 제구에 대한 부담을 가지고 말았다.

슈우욱!

따아악!

'헉!'

초구부터 매섭게 돌아간 켐프의 배트가 불을 뿜는 모습에 헌터는 가슴이 철렁하는 것을 느꼈다.

그리고 켐프의 타구가 펜스를 넘어 사라지는 모습에 그 충격은 배가 되었다.

리드를 잡자마자 번트 홈런에 백 투 백 홈런까지 허용하는 헌터의 모습에 레인저스 팬들은 이 현실이 믿기지 않는다는 듯, 머리를 부여잡고 있었다.

하지만 그것이 끝이 아니었다.

7번 바라하스가 유격수 앞 땅볼로 물러나며 다저스의 공격은 흐름이 끊기는 듯 했지만 테리엇의 안타에 이은 기븐스의 기습적인 투런 홈런으로 기어코 역전에 성공했다.

여기에 1번 캐롤의 안타에 이어 다시 3번 로니가 투런포를 터뜨리며 승부에 쐐기를 박았다.

워싱턴 감독은 정신을 차리지 못하는 헌터를 뒤늦게 강판시켰지만 그 선택은 한 박자 늦은 판단으로 후일 극성팬들에게 두고두고 까이는 계기가 되고 말았다.

여기에 바뀐 투수 오간도가 7회 초, 선두 타자로 나선 민우에게 추가로 솔로 홈런을 허용하며 PS 최다 홈런 역사까지 다시금 갱신시켜 주고 말았다.

9회 말.

스코어는 6 대 11까지 벌어져 있었다.

다저스의 후보 선수들은 흥분이 가득한 표정으로 일찌감치 더그아웃에 줄을 선 채, 그라운드로 뛰쳐나갈 준비를 하고 있었다.

그리고 그런 다저스 선수들의 기대에 걸맞게 세이브 기회가 아님에도 경기의 마무리를 위해 등판한 궈홍치가 레인저스의 하위 타선을 하나씩 하나씩 돌려세우고 있었다.

"아웃!"

"스트라이크 아웃!"

─다저스의 월드 시리즈 우승이 이제 코앞으로 다가옵니다! 남은 아웃카운트는 단 한 개! 그리고 타석에는 레인저스의 마지막이 될 수도 있는 타자. 모어랜드가 들어섭니다.

7, 8번 타자를 공 6개 만에 돌려세운 궈홍치의 앞에 레인저스의 마지막 타자, 9번 모어랜드가 들어섰다.

이미 2아웃이 채워진 상황이었지만, 레인저스의 팬들은 기적이 일어나길 바라는 듯, 두 손을 모은 채 간절한 시선으로 그라운드를 바라보고 있었다.

슈우욱!

부웅!

팡!

"스트라이크!"

하지만 궈홍치는 초구부터 98마일짜리 포심 패스트볼을 꽂아 넣으며 그런 레인저스의 기대를 하나씩 하나씩 무너뜨려갔다.

초구에 크게 헛스윙을 한 모어랜드는 2구에도 크게 헛스윙을 하며 순식간에 카운트가 몰리고 말았다.

슈우욱!

그리고 마지막 공이 뿌려지는 순간.

따아악!

모어랜드의 배트가 처음으로 깨끗한 타격음을 내뿜었고, 타구가 센터 방면으로 솟아올랐다.

모두가 긴장된 시선으로 그 타구를 쫓기 시작했다.

ㅡ퍼 올린 타구! 센터 방면으로! 강민우!!

민우는 타구의 궤적을 알려주는 라인을 따라 천천히 뒤로 걸음을 옮겨갔다.

모두의 시선이 자신을 쿡쿡 찌르는 듯 느껴졌지만 실수는 없었다.

팍!

글러브에 꽂히는 타구를 꽉 잡은 민우가 양손을 들어 올리며 미소를 지었다.

다저스가 지난 22년 동안 꿈꿔왔던 월드 시리즈 우승을 알리는 신호였다.

제5장

꿈이 이루어지다

　민우에게 쏠려 있던 다저스 선수들의 얼굴에 동시다발적으로 환한 웃음이 피어올랐다.

　그리고 그들은 누가 먼저라고 할 것 없이 더그아웃의 난간을 뛰어넘어 그라운드로 뛰쳐나오기 시작했다.

　민우 역시 곧 그들과 마찬가지로 너무나도 환한 미소를 지으며 내야를 향해 달려가기 시작했다.

　─강민우 선수가 이 공을 잡아냅니다! 경기 끝! 올 시즌 마지막 아웃 카운트! 이 아웃 카운트와 함께 LA다저스가 2010 메이저리그 월드 시리즈 챔피언으로 등극합니다!

─1988년 이후 장장 22년 만에, 그리고 클럽 역사상 7번째 월드 시리즈 우승을 거머쥐는 LA다저스입니다!

─올 시즌 9월까지만 하더라도 주전 선수들의 잇따른 부상과 부진으로 하위권을 맴돌던 다저스가 그 누구도 예상하지 못한 질주를 거듭하며 결국 월드 시리즈마저 재패해 내고 말았습니다! 그리고 그 어떤 팀도 이루어내지 못했던 포스트 시즌 11전 11승. 전승 우승이라는 유일무이의 업적을 달성해 냅니다! 월드 시리즈 역사를 새로 쓰는 기록이 계속해서 쏟아져 나왔고, 어느 누구도 예상치 못한 놀라운 장면들이 터져 나왔던 포스트 시즌의 마지막까지 다저스는 또 한 번 새로운 기록을 만들어내며 유종의 미를 거두게 되었습니다.

─정말 어려운 상황에서도 포기하지 않고 월드 시리즈 무대까지 달려온 다저스 선수들이기에 이 우승이 더욱 값지게 느껴지지 않을까 싶습니다.

─다저스의 선수들이 그라운드로 쏟아져 나와서 부둥켜안고 기쁨을 표하고 있습니다! 그리고 그 기록의 희생양이 된 팀들과 마찬가지로 마지막 희생양이 된 레인저스의 선수들은 아쉬움을 감추지 못하는 모습입니다. 경기장을 쉽게 떠나지 못한 채, 더그아웃의 난간에 기대어 다저스의 우승 세리머니를 지켜보고 있는 모습입니다.

적지에서의 우승이었기에 팬들의 열띤 환호성 대신 무거운 침묵이 레인저스 볼 파크 인 알링턴을 가득 채우고 있었다.

그들 사이에서 월드 시리즈 우승이라는 현장을 함께하고픈 마음에 비행기를 타고 원정 응원을 온 다저스의 팬들만이 행복한 비명을 지르며 무거운 정적을 깨고 다저스의 우승을 기뻐하고 있었다.

"예에에에에에!!"

"우승이다! 우승이라고!"

"우리가 바로 월드 시리즈 챔피언이다!!"

"우리는 무적의 다저스다!!"

"넘버 원이다!"

"우리가 세계 제일이라고!"

흥분한 선수들의 외침에 구단 직원들이 환한 웃음을 지으며 고개를 끄덕여 주고는 다저스의 월드 시리즈 우승 로고가 박힌 티셔츠와 모자를 선수들에게 내밀고 있었다.

그렇게 흥분한 모습으로 기쁨을 나누던 선수들이 무언가 대화를 나누고는 일제히 토리 감독을 둘러쌌다.

그러고는 토리 감독이 제지할 틈도 없이 그를 높이 던져 올렸다.

그렇게 두 번을 공중으로 날아오른 뒤에야 다시 그라운드로 내려선 토리 감독을 향해 블레이크가 감사의 인사를 전했다.

"감독님, 월드 시리즈 우승을 진심으로 축하드립니다."

"축하드립니다!"

"감독님 덕분에 행복했습니다!"

"은퇴하신다고 집에만 계시고 그러면 안 됩니다!"

"와하하핫!"

블레이크의 말에 이어 선수들이 한마디씩 내뱉으며 웃음을 터뜨리자 토리 감독도 인자한 미소를 지으며 고개를 끄덕였다.

"공식적인 자리에서 다시 말하겠지만, 여기서 꼭 말하고 싶군. 내 감독 인생의 마지막을 자네들과 함께할 수 있었다는 것을 영원히 기억하지. 모두 함께해 줘서 고맙다."

─토리 감독이 선수들에게 헹가래를 받는군요.

─토리 감독은 올 시즌을 끝으로 은퇴할 것을 천명했는데, 감독이라면 누구나 꿈꿀 법한 멋진 이벤트와 함께 은퇴를 하게 되었습니다.

그렇게 기쁨을 나누는 다저스의 모든 이의 뒤로 월드 시리즈 우승 이벤트를 위한 가설무대가 설치되었다.

구단주와 단장, 감독 순으로 월드 시리즈 우승에 대한 소감 인터뷰가 진행되었고 뒤이어 선수들에게로 마이크가 넘어갔다.

팀의 정신적 지주인 블레이크에 오늘 경기에서 이어 두 번

째로 마이크를 받은 이는 이견 없이 월드 시리즈 MVP로 뽑힌 민우였다.

"정규 리그뿐만 아니라 포스트 시즌에서 연속 경기 홈런 기록을 갈아치웠고, 최다 홈런 기록에 오늘 경기에서는 비록 공식 기록은 아니지만 번트 홈런까지 기록했습니다. 그 결과 디비전 시리즈, 챔피언십 시리즈에 이어 월드 시리즈에서도 MVP에 뽑히는 경사가 있었습니다. 이렇게 승격 이후 월드 시리즈까지 엄청난 활약을 할 수 있었던 비결이 무엇이라고 생각합니까?"

자신이 입으로 뱉으면서도 믿기지가 않는 듯한 표정을 지으며 마이크를 건네는 기자의 모습에 민우가 멋쩍게 웃어 보였다.

"비록 저는 9월에 팀에 합류했지만, 우리 팀의 분위기는 최고였습니다. 선수들은 처음 메이저리그에 올라와 당황할 수도 있는 저에게 아낌없는 친절을 베풀었고, 그 친절이 제가 마이너리그에서와 마찬가지로 메이저리그에서도 본래의 실력을 낼 수 있게 한 원동력이라고 생각합니다. 그리고 우리는 서로를 신뢰했고, 끈끈한 팀워크를 보였기 때문에 월드 시리즈까지 오면서도 분위기는 너무나도 좋았습니다. 결국 이렇게 좋은 분위기가 선수들이 마지막까지 잠재력을 끌어낼 수 있는 원동력이 될 수 있었고 월드 시리즈에서 무패우승을 차지하는 데 결정적인 영향을 주었다고 생각합니다."

민우의 인터뷰가 끝나자 선수들이 일제히 환호성을 지르며 민우를 향해 박수갈채를 보냈다.

"예. 그렇군요. 인터뷰에 응해주어 감사합니다. 월드 시리즈 우승을 진심으로 축하합니다! 저는 여기서 방해꾼의 역할을 끝내겠습니다. 파티를 즐기세요!"

뒤이어 커쇼와 기브스 등 포스트 시즌 대활약과 함께 승리의 주역이 되었던 이들의 인터뷰까지 끝이 난 뒤, 월드 시리즈 우승 트로피가 선수들의 손에 높이 들어 올려졌다.

파파팍!

파파파팍!

동시에 기자들의 손에 들린 대포 같은 카메라에서 연신 플래시가 터져 나오며 그들의 모습을 하나도 빠짐없이 담아냈다.

그렇게 기쁨을 만끽하며 우승 기념 파티를 즐긴 선수들은 수많은 기자를 상대로 인터뷰를 진행했다.

민우는 어김없이 자신을 찾아온 아름과 한국 기자들을 향해 미소를 지으며 인터뷰에 응했다.

그리고 곧 민우의 얼굴은 한국의 대형 포털 사이트의 스포츠 페이지를 대문짝만 하게 장식했다.

민우는 이날 하루만큼은 한국을 넘어 세계에서 가장 유명한 인물이 되었다.

늦은 시각이 되어서야 LA의 숙소로 돌아온 민우는 문을 열어주는 어머니의 모습에 환한 웃음을 지어 보였다.

어머니가 미국으로 온 뒤로 숙소로 돌아오면 항상 맞아주셨던 어머니였지만, 오늘만큼은 그 느낌이 색달랐다.

'월드 시리즈 우승이라는 꿈을 이루어서이겠지.'

"다녀왔습니다."

"고생했다. 그리고 월드 시리즈 우승을 진심으로 축하한다."

어머니의 기쁨이 묻어나는 말에 민우가 가볍게 웃으며 어머니를 끌어안았다.

"어머니 아들이에요."

민우의 사랑이 묻어나오는 말에 연주는 민우를 마주 안아주었다.

"그래, 우리 아들. 엄마는 민우가 우리 아들이라는 게 너무나도 자랑스럽단다."

민우는 어머니의 물기 어린 목소리에 의지가 담긴 목소리를 냈다.

"앞으로도 어머니를 실망시켜드리는 일은 절대로 없을 거예요. 그러니까 앞으로도 걱정하지 마시고 행복할 일만 생각해요. 알았죠?"

민우의 말에 연주도 가볍게 웃으며 고개를 끄덕였다.

"그래, 누구 아들인데. 엄마는 이제 아무 걱정이 없다. 아무 걱정이 없어."

그 모습에 가볍게 미소를 지은 민우가 배를 만지작거리며 어머니를 바라봤다.

"저 배고파요. 된장찌개 먹고 싶어요."

"아직 밥 안 먹었니? 조금만 기다려라. 금방 차려줄게."

그 모습에 잠시 놀란 표정을 지은 연주가 빠르게 주방으로 향했다.

잠시 미소를 지은 채 어머니를 바라보던 민우가 천천히 고개를 돌려 창밖으로 펼쳐진 하늘을 바라봤다.

'아버지. 제가 해냈어요. 월드 시리즈 우승이에요.'

민우가 속으로 내뱉은 혼잣말에 아무런 대답도 들려오지 않았지만, 민우는 미소를 지은 채 잠시 그렇게 창밖을 바라보고 있었다.

* * *

월드 시리즈 우승을 이룬 다저스의 선수들은 다음 날도 쉴 틈이 없었다.

LA시내를 따라 펼쳐지는 카퍼레이드와 우승 기념 이벤트가 예정되어 있었다.

메이저리그를 이루는 수십 개의 팀 중 단 한 팀만이 거머쥘

수 있는 우승이었고, 다저스로서는 22년 만에 거머쥔 월드 시리즈 우승이었기다.

그렇기에 그 기쁨을 함께하고자 하는 수십만의 인파가 시내를 빈틈없이 가득 메우고 있었다.

그리고 긴 시간의 기다림 끝에, 모퉁이를 돌아 나타난 선두의 자동차가 보이자 팬들이 기쁨의 비명을 지르기 시작했다.

"왔어! 왔어!"

"꺄아악!"

"여기 좀 봐줘요!"

여러 대의 자동차에 나눠 탄 다저스의 선수들은 다저스 중심가의 길 양쪽을 끝없이 메우고 있는 푸른 물결을 향해 열심히 손을 흔들고 키스를 날리며 화답했다.

그 중 단연 최고의 주목을 받은 것은 다저스 타격의 선봉장 역할을 했던 민우였다.

"강! 사랑해요!"

"우리의 꿈을 이뤄줘서 고마워!"

"나랑 결혼해 줘요!"

"영원히 다저스에 남아줘요!"

"강! 너는 우리의 보물이야!"

민우는 사방에서 들려오는 자신의 이름에 미소를 지은 채, 연신 손을 흔들고 있었다.

그런 민우의 옆으로 다가온 기븐스가 나란히 선 채 손을 흔들며 민우를 바라봤다.

"우리 민우. 인기 좋네? 난 누가 결혼해 준다는 말은 안하던
데."

기븐스의 장난스러운 말투 속에는 아주 약간의 부러움이
느껴지고 있었다.

민우는 그런 기븐스를 바라보며 피식 웃음을 보였다.

"글쎄요. 제가 볼 땐 기븐스를 좋아하는 사람도 엄청 많은
데요?"

민우는 그 말과 함께 기븐스의 옆을 손으로 가리켰다.

민우의 손을 따라 자연스럽게 고개를 돌린 기븐스는 이내
환한 웃음을 지으며 연신 양손을 입에 대며 키스를 날렸다.

기븐스가 바라보고 있는 곳에는 한 여성이 '평생 홈런볼 사
줄게! 결혼해 줘! 기븐스!'라는 글씨와 함께 이곳저곳에 홈런
볼이 붙어 있는 플래카드를 들고 연신 기븐스의 이름을 연호
하고 있었다.

"후후후. 이거, 앞으로도 홈런볼을 더 열심히 먹어야겠는
데?"

기븐스의 지나가는 듯한 혼잣말에 민우가 잠시 어색한 웃
음을 보이고는 이내 다시 손을 흔들기 시작했다.

'홈런볼을 너무 맹신하는 것 같긴 하지만… 뭐. 좋은 게 좋
은 거겠지.'

퍼레이드를 끝낸 이후, 월드 시리즈 우승 반지를 받은 뒤 무

대 위에서 월드 시리즈 우승 트로피를 들어 올리는 퍼포먼스로 모든 행사가 끝이 났다.

하지만 다저스의 선수들은 월드 시리즈 우승이라는 대업을 이룬 만큼, 쉬이 휴식을 취할 수 없었다.

각종 행사부터 시작해서 백악관 방문이라는 엄청난 이벤트까지 예정되어 있었기에 그들이 휴식의 자유를 얻는 것은 아직까지 먼 훗날의 이야기처럼 느껴졌다.

$$* \qquad * \qquad *$$

다저스의 월드 시리즈 우승 이후, 잠잠하던 메이저리그 팬들이 하나의 이슈로 술렁이기 시작했다.

"뭐야?

"이거 진짜야?"

"누가 장난친 거 아니야?"

그들이 보고 있는 화면에는 메이저리그 홈페이지와 각종 후원사의 홈페이지에 순차적으로 공개된 각종 개인 타이틀 후보의 명단이 띄워져 있었다.

가장 먼저 골드글러브 수상을 주관하는 롤랭스 사의 홈페이지에 골드글러브 타이틀 후보가 발표되었다.

이때까지만 하더라도 메이저리그 팬들은 후보의 면면을 살피며 가볍게 고개를 끄덕일 뿐이었다.

하지만 실버슬러거 수상을 주관하는 레이빌슬러거 사의 홈페이지에 실버슬러거 타이틀 후보가 발표되었을 때, 아무도 예상하지 못한 하나의 이름이 리스트에 적혀 있었다.

여기에 메이저리그 홈페이지에서 발표된 신인왕과 MVP 후보 리스트에도 그 이름이 마치 당연하다는 듯이 기재되어 있었다.

이처럼 팬들을 놀라게 한 정체는 바로 다저스의 막판 돌풍을 일으키고 월드 시리즈 우승까지 이끌었던 민우의 이름이었다.

그리고 그 소식에 다저스 커뮤니티가 월드 시리즈 우승 이후 다시 한 번 소란스러워지기 시작했다.

―이게 도대체 어떻게 된 일이야? 강이 각종 타이틀 후보에 이름을 올렸어!

―후보에 오른 건 오른 건데… 저 상들을 타는 게 가능하긴 한 거야?

―임팩트가 엄청나긴 했지만 아무래도 겨우 한 달을 조금 넘게 뛰었으니까 힘들지 않을까? 타석이 부족하지 않아?

―나도 후보에 강의 이름이 있는 걸 보고 긴가민가했는데, 저 타이틀을 받기 위해 정해진 규정 타석은 없다던데?

―와~ 대박. 그럼 다른 건 몰라도 신인왕은 확실히 받을 수 있을 것 같은데? 신인왕 후보 중에 민우의 홈런수가 제일

많잖아?

―다들 알겠지만 민우가 데뷔 후 한 달간 기록한 것만 해도 홈런 21개에 58타점 38득점 타율 0.594라고. 메이저리그 역사를 통틀어도 겨우 한 달 남짓한 기간 동안 이런 엄청난 기록을 세운 선수는 아무도 없었어. 2005년에 하워드가 88경기를 뛰고 신인왕 타이틀을 따냈을 때 기록한 홈런수가 22개라는 건 다들 한 번은 들어봤을 거야. 그럼 88경기 대 25경기잖아? 그런데 심지어 강은 대타로 뛴 경기까지 포함된 거야. 어때? 이래도 강이 신인왕을 받지 못할까?

한 팬의 댓글에 모두가 고개를 끄덕였다.

올 시즌, 신인왕 후보로 선정된 10명의 선수 중 투수 두 명을 제외한 나머지 8명이 타자였다.

그리고 그들 중 플로리다 말린스의 산체스와 뉴욕 메츠의 데이비스가 각각 19개의 홈런을 때려내며 주목을 받은 상태였다.

하지만 그들이 150경기의 풀타임 시즌을 소화하며 기록한 홈런을 민우는 단 25경기 만에 뛰어넘었다.

타율과 타점은 말할 것도 없었기에 모두가 쉬이 이런 예상을 할 수 있는 것이었다.

일부 팬들은 신인왕에서 그치지 않고 다른 상에까지 욕심을 보이는 모습이었다.

—워우. 25경기에 21홈런은 진짜 대박이긴 하네.

—조금 오래전이긴 하지만 1959년에 SF의 맥코비는 52경기를 뛰고 신인왕을 받았지. 0.354에 13홈런이었을 거야.

—중견수 부분 실버슬러거도 가능하지 않아? 수비야 표본이 조금 적다고 해도, 타격에선 너무나도 압도적이잖아.

—그것뿐이 아니잖아. 연속 경기 홈런 기록 하나만으로도 실버슬러거도 충분히 받을 만하지 않나? 임팩트가 강했잖아.

—월드 시리즈 우승 버프도 무시할 순 없지.

—워워. 다들 너무 기대하진 마. 신기록이 세워진 건 축하할 일이지만, 매팅리도 선수시절 8경기 연속 홈런 기록을 세우고도 MVP는 받지 못했다고. 실버슬러거나 신인왕이라면 조금이나마 가능성이 있을 지도 모르겠지만······.

팬들은 믿을 수 없다는 표정을 지으면서 한편으로는 민우의 수상을 강하게 열망했다.

하지만 그런 다저스 팬들의 기대와 달리 많은 전문가는 민우가 각종 타이틀에 후보로 이름을 올린 것만으로도 의미가 있다고 생각했다.

이유는 간단했다.

표본수가 너무 부족하다는 것.

출전 경기수가 고작 25경기에 불과했기 때문이다.

하지만 그럼에도 각종 후보에 노미네이트된 것만으로도 메이저리그의 각종 묵은 기록들을 깨뜨린 공로를 인정받은 것이라는 판단이었다.

그리고 전문가들의 예상대로 각종 타이틀의 결과에는 큰 이변이 없었다.

내셔널리그 외야수 실버슬러거 수상의 영광을 안은 3인은 각각 콜로라도 로키스의 곤잘레스, 세인트루이스 카디널스의 할러데이, 밀워키 브루어스의 브론으로 발표되었다.

그리고 내셔널리그 MVP로는 신시네티 레즈의 보토가 수상의 영광을 안았다.

이때까지만 해도 사람들은 '그럼 그렇지' 하는 마음으로 결과를 바라보고 있었다.

하지만 신인왕 부문에서는 모두의 예상을 깨는 결과가 일어났다.

*   *   *

─강민우 선수, 올 시즌 내셔널리그의 신인왕(Rookie of the Year Awards)으로 선정된 것을 진심으로 축하드려요.

민우는 에이전트에게서 걸려온 한 통의 전화에 어안이 벙벙한 표정을 짓고 있었다.

"예? 신인왕이요?"

민우가 금시초문이라는 반응을 보이자 퍼거슨은 그럴 줄 알았다는 듯, 가볍게 웃음을 터뜨렸다.

─후훗. 전혀 예상하지 못하셨나 봐요?

"예. 그야 뭐… 9월에 승격해서 이런 상을 받은 경우가 전혀 없지 않나 해서요."

─그건 그렇죠. 그런데 9월에 승격해서 21개의 홈런을 때리고, 정규 리그 11경기 연속 홈런 신기록을 세우고, 포스트 시즌에선 6경기 연속 홈런을 세우고… 더 말하지 않아도 되죠?

퍼거슨의 가벼운 나열에 민우가 피식 웃으며 고개를 끄덕였다.

"그런 기록을 세운 선수도 없었다 이 말이죠?"

─맞아요. 그러니 충분히 받을 만한 자격이 있다는 거예요. 과거에 그 어떤 선수가 이런 임팩트 넘치는 모습을 보였을까요? 저는 오히려 조금 아쉬워요. 강민우 선수가 조금만 더 일찍 승격을 이루었다면 다른 상들도 충분히 강민우 선수의 손에 쥐어져 있지 않을까 하는 생각이 들어서 말이에요.

퍼거슨의 목소리에는 진심으로 아쉬움이 묻어나고 있었다.

민우는 그런 퍼거슨의 반응에 '흐음' 하는 소리를 내고는 살짝 미소를 지으며 입을 열었다.

"뭐, 일찍 올라왔다면 또 일이 어떻게 달라졌을지는 아무도 모르는 거잖아요. 그래도 퍼거슨이 그렇게 아쉬워하니 또 제가 다 미안해지려고 하네요. 이번에 신인왕은 받았으니까, 다음 시즌에는 절치부심해서 제가 기필코 MVP부터 골드글러브, 실버슬러거까지 전부 다 받아서 퍼거슨 앞에 가져다 모실게요. 아! 덤으로 우승 반지도 하나 끼워드릴게요. 괜찮은 제안이죠?"

민우의 목소리에서 약간의 장난기가 묻어나오는 느낌에 퍼거슨도 피식 웃음을 터뜨렸다.

―제 손에 우승 반지를 끼워준다고요? 후훗. 그거 참 신선한 제안인데요? 정말 줄 거예요?

퍼거슨의 목소리에는 아주 순수한 느낌의 욕심이 느껴지고 있었다.

'호오. 항상 완벽한 줄 알았는데, 이런 모습도 있었네?'

그 모습에 민우는 의외라는 표정을 짓고는 퍼거슨이 눈앞에 있는 것처럼 고개를 끄덕였다.

"퍼거슨 덕분에 메이저리그까지 올라와서 이런 영광을 안았는데, 이 정도도 못할까요? 퍼거슨은 저에게 특별한 사람이니까, 특별한 선물 하나는 드려야죠."

―특별한 사람이라… 후훗. 좋아요. 다음 시즌이 정말 기대가 되네요.

퍼거슨은 민우의 말 한마디를 곱씹고는 기분 좋은 웃음소리를 냈다.

민우는 그런 퍼거슨의 반응에 덩달아 미소를 짓고는 화제를 돌렸다.

"그나저나 그럼 시상식에 참여해야 하는 건가요?"

민우의 뇌리에는 한국에서 늘 보았던 시상식 중계방송이 스쳐 지나갔다.

민우의 물음에 퍼거슨은 가볍게 고개를 저었다.

─네. 아, 한국이랑은 조금 달라서 시상식에서의 이벤트나 중계방송 같은 건 없어요. 보통은 보도 자료 촬영한다고 구단 사무실 같은 곳에서 간소하게 진행이 되긴 하는데… 또 모르겠네요. 강민우 선수의 파급력이 워낙에 커서 말이죠.

한국과 달리 메이저리그는 상을 수상했다고 하더라도 특별히 거창한 시상식을 진행하는 경우가 없었다.

이는 땅덩어리가 넓은 것도 한몫을 했지만, 한 시즌을 열심히 달려온 선수들의 휴식을 중요시하는 메이저리그의 특징 중 하나라고 할 수 있었다.

하지만 퍼거슨이 마지막에 덧붙인 말은 민우의 경우는 큰 이슈를 남겼기에 어떻게 될지 잘 모르겠다는 뉘앙스를 풍기고 있었다.

"아… 하……."

민우는 어색한 목소리로 퍼거슨의 말을 들으며 고개를 끄덕였다.

그리고 얼마 뒤, 민우는 퍼거슨의 말과 비슷하게 다저스타디움을 배경으로 간단한 인터뷰와 몇 장의 사진을 찍는 것을 끝으로 조촐한 시상식을 마칠 수 있었다.

이후 다저스 선수단의 백악관 방문을 끝으로 다저스 선수로서의 공식 일정이 모두 종료되었다.

민우는 숙소에서 한국으로 가져가기 위한 짐을 챙기면서도 아직도 믿기지 않는다는 듯, 간간히 피식피식 웃음을 터뜨렸다.

'힘들었지만… 오마바 대통령이랑 셀카를 찍을 줄이야.'

처음에 가슴이 쿵쾅거렸던 것도 잠시, 오마바의 개그 센스에 굳어져 있던 선수들의 분위기는 순식간에 풀어졌고, 이후는 행복한 파티의 연속이었다.

그리고 분위기를 타 기븐스가 오마바와 셀카를 찍은 것을 시작으로 너 나 할 것 없이 모두가 오마바와 셀카를 찍었다.

민우 역시 스마트폰 갤러리에는 오마바 대통령과 민우가 나란히 선 채, 환한 웃음을 짓고 있는 사진이 자리를 잡고 있었다.

'다음 시즌에도 멋진 홈런쇼를 보여 달라고 했지.'

오마바는 선수 한 명 한 명에게 축하의 인사를 날리면서 다음 시즌에 대한 기대의 메시지도 건넸다.

민우에게는 다음 시즌에도 새로운 기록을 세워달라는 오마바의 당부에 어색하게 웃음을 보일 수밖에 없었다.

갤러리에 담긴 사진을 하나하나 살펴보며 피식거리던 민우는 갑자기 걸려온 전화를 확인하고는 고개를 갸웃거렸다.

'응? 퍼거슨? 무슨 일이지?'

"네, 강민우입니다."

─강민우 선수. 하이타이 제과에서 홈런볼 광고 촬영을 이틀만 늦춰달라고 양해를 구해왔는데, 일정 조율 괜찮으신가요?

백악관 방문 이후, 하이타이 제과에서 퍼거슨을 통해 민우와 기븐스의 홈런볼 광고 촬영을 진행하고 싶다는 연락이 왔었다.

만약 민우 혼자였다면 한국에서 촬영을 해도 지장이 없었지만, 기븐스는 향후 가족들과의 일정이 예정되어 있었다.

결국 하이타이 제과에서 광고 촬영진을 미국으로 보내기로 결정이 되었고, 촬영은 LA에서 진행될 예정이었다.

하지만 퍼거슨의 말대로라면 광고 촬영은 3일 뒤에나 가능한 것이었다.

퍼거슨과 몇 번의 대화를 주고받은 민우는 향후 별다른 일정이 없다는 것을 생각하고는 별 고민 없이 고개를 끄덕였다.

"그렇게 진행해 주세요."

─네. 그럼 다시 연락드릴게요.

퍼거슨과의 통화를 종료한 민우는 남은 시간을 무엇을 하며 보낼까 고민하다 과거의 동료들을 떠올렸다.

'그렇지 않아도 한국에 가기 전에 한 번 찾아가려고 했는데, 마침 이렇게 된 거 이참에 찾아가 볼까?'

더블A 팀이었던 채터누가 룩아웃츠가 있는 곳까지는 비행기가 필요했지만, 처음 발을 디뎠던 하이 싱글A 팀인 인랜드

엠파이어 식스티 식서스가 있는 곳은 LA에서 차로 한 시간 정도면 도착할 거리였다.

결정을 내리자 민우는 곧장 행동에 옮겼다.

간단하게 옷을 챙겨 입은 민우는 차 키를 챙겨 들고는 주차장으로 향했다.

주차장에는 월드 시리즈 MVP 부상으로 받은 미국 사브레사의 픽업트럭과 얼마 전 후원 계약을 맺었던 독일 벤치 사의 SUV가 나란히 주차되어 있었다.

'남자는 역시 벤치지!'

자신만의 신념이 담긴 말을 속으로 내뱉은 민우가 차에 올라탔고, 곧 거친 배기음과 함께 민우가 탄 차가 주차장을 빠져나갔다.

*   *   *

끼익—

야자수 나무가 깔린 길을 지나 기억 한구석에 자리 잡고 있던 노란 빛깔의 야구장에 다다른 민우의 차가 가벼운 소음을 내며 멈춰 섰다.

'이게 얼마만이지. 바로 엊그제 같은데.'

이곳을 떠난 지 채 몇 달이 지나지 않아 민우는 메이저리거가 되었다.

미국에서 첫 발을 내디뎠던 바로 그곳으로 돌아온 기분은 꽤나 벅차게 느껴지고 있었다.

'한참 전에 시즌이 끝났으니… 아무도 없겠지?'

혹시나 반가운 얼굴이 있지는 않을까 하는 생각도 들었지만, 하이 싱글A는 시즌이 끝난 지 한 달이 더 되어가고 있었기에 그리 큰 기대는 하지 않았다.

그저 추억을 되새김질 하듯, 민우는 조용히 경기장 안으로 들어섰다.

따악— 따악—

그런 민우의 귓가에 누군가 훈련을 하는 듯, 규칙적인 타격음이 들려왔다.

'누가 있는 건가?'

민우는 자연스럽게 타격음이 들려오는 방향으로 발걸음을 옮겨갔다.

기억 속에 있던 몇 개의 코너를 돌아 민우가 도달한 곳은 민우에게 너무나도 익숙한 곳, 실내 훈련장이었다.

그리고 민우는 그곳에서 너무나도 친숙한 얼굴을 발견할 수 있었다.

"실베리오!"

"민우!"

실베리오는 자신을 부르는 목소리에 고개를 돌리더니 민우를 발견하곤 환한 미소를 지으며 달려왔다.

와락.

마치 수년간 떨어져 있었던 사이인 것처럼, 실베리오와 민우는 잠시 서로를 꽉 끌어안고 나서야 천천히 떨어졌다.

"이야~ 메이저리거나 되는 분이 여기까진 어떻게 행차하셨대?"

"그러는 너는 아직도 하이 싱글A냐?"

실베리오의 장난스런 물음에 마주 장난을 거는 민우의 모습에 둘은 곧 동시에 웃음을 터뜨렸다.

"풉."

"푸하핫."

그렇게 나름의 방법으로 다시 한 번 반가움을 표한 둘은 경기장 한편에 자리한 테라스로 자리를 옮겼다.

서로 간에 그동안 어떻게 지냈는지, 무슨 일이 있었는지를 털어놓으며 시간이 가는 줄 모르고 대화를 나눴다.

"그래서 다른 애들 다 고향으로 갈 때, 너 혼자 남아서 이렇게 훈련을 하고 있었다는 거야?"

민우의 물음에 실베리오가 가볍게 고개를 끄덕였다.

"그래. 내 절친이 벌써 메이저리그에서 없어서는 안 될 인물이 됐잖아. 그 모습을 보고 어떻게 띵까떵까 놀고 있겠어. 누구처럼 약이라도 빨지 않는 이상, 열심히 훈련해서 실력을 끌어 올려야지. 언제까지 하이 싱글A에 있을 순 없으니까."

민우는 그런 그의 심정이 이해가 된다는 듯, 가볍게 고개를 끄덕이고는 돌연 의문스런 표정을 지어 보였다.

"그런데 누구처럼 약을 빨다니? 내가 가고 나서 누가 약이
라도 했다는 거야?"

민우의 물음에 실베리오는 피식 웃으며 민우에게도 익숙한
하나의 이름을 꺼냈다.

"어. 너도 아는 녀석이야."

"누군데?"

"덴커."

"뭐?"

민우는 진심으로 놀란 표정을 지어 보였다.

실베리오는 민우의 반응에 그럴 줄 알았다는 듯, 가볍게 고
개를 젓고는 천천히 말을 꺼내기 시작했다.

"하아. 그 녀석 너 가기 전부터 조짐이 이상하더니, 네가 승
격을 한 후로 애가 성적이 완전 폭발했거든. 거의 4할 가까운
타율에 홈런도 10개 가까이 뽑아내더라니까. 겨우 한 달 사이
에 말이야. 그때까지만 해도 그냥 애가 포텐이 터졌구나, 그냥
더블A로 한 명 더 올라가겠구나 싶었는데……."

실베리오의 말은 충격적이었다.

민우가 볼 때 덴커는 그 이상의 실력을 낼 수 있는 선수가
아니었다.

하지만 실베리오는 덴커가 그 이상의 성적을 냈다고 했고,
그 결과는 실베리오가 넌지시 꺼냈던 그 이유가 맞았다.

도핑.

무한 경쟁에서 살아남기 위해 선수들이 택하는 방법 중 하나였다.

다양한 종류가 있지만 대체로 근육량을 폭발적으로 증가시키고 운동 능력을 대폭 향상시키는 것으로 요약할 수 있는 것이 바로 도핑이었다.

덴커의 성적 향상의 이유 역시 바로 그 도핑이라는 것 때문이었다.

"그 녀석이 어떻게 그런 약물을 구했는지는 모르겠지만… 이전까지 없던 새로운 약물이라는 것 같았어. 그 녀석 도핑 검사관들 쫓아갈 때, 표정이 너무 당당했거든."

"당당했다고?"

"어. 아무도 그 녀석이 도핑을 했으리라고는 생각도 못했다니까. 그렇게 검사하고 와서도 아무렇지도 않았는데. 얼마 뒤엔가, 통보가 온 거지. 출장 정지라고."

실베리오의 이야기엔 무언가 모순이 있는 것 같았다.

'약을 했는데도 당당했다고? 걸리지 않을 거라고 생각했던 건가? 아니면 신형 약물이라도……?'

그런 쪽과는 연줄이 없는 민우였기에 정확한 사실 관계는 알 턱이 없었다.

그리고 그 점은 실베리오도 마찬가지라는 듯, 누구나 알 만한 이야기, 추측할 만한 이야기를 할 뿐이었다.

"아직 명확히 밝혀진 게 없어서 쉬쉬하고 있는 건지, 한 번에 털어내려는 건지 모르겠지만… 비밀리에 조사를 하고 있다고들 하더라고."

실베리오의 말에 민우는 월드 시리즈가 끝난 지 얼마 지나지 않아 찾아왔던 도핑 검사관의 얼굴을 떠올렸다.

'불시 도핑 검사를 1주 간격으로 세 번이나 찾아왔던 게 이런 이유 때문이었나.'

민우의 성적은 충분히 도핑을 했다고 의심받을 만한 성적이었기에 이해가 되지 않는 것은 아니었다.

하지만 도핑 검사관이 숙소로 찾아온 것만 세 번이나 될 정도로 그들은 무언가를 찾아내기 위해 열중인 모습이었다.

그 이해가 되지 않던 반복적인 도핑 검사가 실베리오가 털어놓은 이야기 하나로 어느 정도 설명이 되고 있었다.

"실베리오. 넌 절대로 약 같은 거 하지 마."

민우의 굳어진 표정을 발견한 실베리오는 피식 웃으며 고개를 저었다.

"내가 그런 약 같은 걸 할 녀석으로 보여? 메이저리그에 가서 너랑 만나기 위해서라도 약은 절대로 안 할 거야. 그러니 걱정 붙들어 매라고. 오케이?"

"그래. 너라면 당연히 약이 아닌 실력으로 네 진가를 보여 줄 거라고 생각해."

"그래, 그래!"

실베리오는 암울한 분위기를 탈피하기 위해서인지 화제를 전환했다.

메이저리그로 가니까 여자들이 달라붙지는 않는지, 여자 친구는 생겼는지, 여자는 언제 소개해 줄 건지, 혹시 퍼거슨이랑 사귀고 있는 건지…….

온통 여자 이야기뿐이라니.

여전하다 싶었지만 마지막 질문에는 결국 민우에게 핵꿀밤 한 대를 맞으며 머리를 감싸 쥐었던 실베리오였다.

소소한 이야기를 나누며 장난을 주고받고 저녁 식사까지 하고 나자 날이 어두워지기 시작했다.

그것은 이별의 시간이 다가오고 있다는 말이었다.

실베리오는 그제야 무언가 생각이 났다는 듯, '우리도 우승했잖아'라는 말과 함께 리그 챔피언십 트로피를 보여주며 자랑스러운 표정을 지어 보였고, 민우는 그 모습에 가볍게 박수를 쳐주며 축하를 해주었다.

그렇게 둘은 이별에 대한 아쉬움을 달래며 서로의 안녕을 기원해 주었다.

"심심하면 또 놀러 와."

"그래. 안 그래도 코치님한테 감사 인사도 못 드렸으니. 오면서 겸사겸사 네 얼굴도 또 봐야지."

"에이 씨. 나 보러 온다고 해야지!"

실베리오가 장난스럽게 발끈하는 모습에 민우도 피식 웃고 말았다.

그 모습에 마주 웃어 보인 실베리오가 곧 진지한 표정을 지으며 손을 내밀었다.

"다음 시즌에도 멋진 모습 기대할게."

"그래. 메이저리그에서 기다리고 있을 게. 빨리 올라와."

민우는 그 손을 잡는 대신 실베리오와 가볍게 포옹을 나눴다.

그리고 잠시 뒤, 민우를 실은 SUV가 실베라오를 뒤로 한 채, 으르렁거리는 배기음을 내뱉으며 천천히 멀어져 갔다.

실베리오는 민우의 차가 멀어지는 것과 함께 뒷주머니에 느껴지는 묵직한 무언가를 꺼내보고는 피식 웃음을 터뜨렸다.

"뭐 이런 걸 다 해주고 그러냐."

실베리오의 손에 들린 것은 5만 달러짜리 수표와 편지 한 장이었다.

실베리오. 아르바이트를 하면서 어렵게 운동하는 동료들에게 도움이 되었으면 좋겠어. 너라면 잘해줄 거라고 믿어. 부탁해.

편지를 확인한 실베리오가 민우가 떠나간 방향을 잠시 바라봤다.

"자식이……."

손으로 콧등을 슥슥 문댄 실베리오가 이내 몸을 돌려 경기장 안쪽으로 모습을 감췄다.

*　　　　*　　　　*

다저스타디움에 자리한 실내 훈련장.

하나같이 검은 머리 일색의 사람들이 조용히 입을 다문 채, 모니터에 시선을 고정하고 있었다.

그리고 카메라가 향하고 있는 곳에는 기븐스가 날아오는 공을 멋들어진 스윙으로 걷어 올렸다.

따악!

잠시 뒤, 기븐스는 홈런볼을 하나 꺼내 입에 넣으며 카메라를 바라보며 미소를 지었다.

"싸랑해요! 홈런볼!"

"커트! 좋아요! 아주 좋아요!"

홈런볼 CF 광고 촬영을 맡은 감독이 환하게 미소를 짓는 모습에 기븐스도 덩달아 미소를 지었다.

"마지막으로 강민우 선수랑 기븐스 선수, 나란히 서서 홈런볼 들고 멘트 날릴게요!"

민우는 저도 모르게 소름이 돋은 양팔을 가볍게 문지르고는 홈런볼을 든 채, 기븐스의 옆에 나란히 섰다.

기븐스는 무엇이 그리 좋은지, 싱글벙글한 표정을 하고 있었다.

그 모습에 민우가 무어라 할 틈도 없이, 감독의 지시에 따라 기븐스와 함께 홈런볼을 들어 보이며 음악에 맞춰 춤을 추기 시작했다.

능숙하게 춤을 추는 기븐스와 달리, 민우는 어색한 몸짓을 계속했고, 음악이 멈추는 순간 둘은 동시에 카메라를 향해 시선을 보내며 멘트를 날렸다.

"위 러브 홈런볼!"

"위 러브 홈런볼!"

그렇게 몇 번의 촬영이 반복된 뒤.

"커트!"

감독의 외침과 함께 모든 촬영이 끝이 났다.

민우는 무언가 얼이 빠진 표정을 지은 채, 의자에 앉아 고개를 푹 숙이고 있었다.

'이 광고… 위험해. 좋지 않아……'

멀찍이 서서 촬영 과정을 지켜보고 있던 퍼거슨의 표정도 그리 좋아 보이지는 않았다.

'도대체 무슨 컨셉인 거지……'

처음부터 지켜봤음에도 도무지 무슨 스토리로 진행이 되는 것인지 종잡을 수가 없었다.

하지만 '어어?' 하는 순간 촬영은 이미 종료된 뒤였다.

기븐스는 그저 생애 첫 광고 촬영이라는 것에 취한 듯, 연신 싱글벙글한 표정으로 민우의 어깨를 두드리고 있었다.

"우리 민우 덕분에 광고 촬영을 다 해보고. 이 형님은 몹시 행복하다."

기븐스의 말에 힘겹게 고개를 든 민우가 씁쓸한 미소를 지어보였다.

"부디 그 기분이 영원하길 바랄게요."

알 수 없는 말을 내뱉는 민우의 모습에도 기븐스는 연신 싱글벙글한 표정이었다.

그렇게 미국에서의 모든 일정을 끝낸 민우는 미국 진출 이후, 처음으로 한국 땅을 밟을 수 있었다.

*　　　　*　　　　*

인천국제공항.

게이트가 열리는 순간, 민우는 눈앞에 펼쳐진 인파에 흠칫 놀라고 말았다.

"꺄아아아아!"

"강민우다!!"

"사랑해요! 강민우!"

"우윳빛깔! 강민우!"

어느 정도 예상은 하고 있었지만 막상 눈앞으로 밀려오는 인파에 혹시나 깔리지는 않을까 하는 걱정마저 들었다.

하지만 경호원이 허투루 있는 것은 아니었고, 민우는 기자

들과의 인터뷰를 깔끔하게 끝내고는 안전하게 공항을 빠져나

갈 수 있었다.

퍼거슨이 마련해 둔 차량에 몸을 실은 민우는 그제야 마음 편히 한숨을 돌릴 수 있었다.

"휴우. 이 정도일 줄은 몰랐네요."

"이젠 슈퍼스타니까요."

민우의 옆에 앉아 있던 퍼거슨이 미소를 지은 채, 이제 익숙해져야 한다는 등의 말을 꺼냈다.

그리고 그런 퍼거슨의 말대로 민우는 한국에서 빽빽한 일정을 소화해야 했다.

단독으로 출연하는 광고가 아직도 몇 개가 더 남아 있었고, 시사 프로그램 출연과 예능 프로그램 출연 등 종류도 다양한 TV출연도 예정되어 있었다.

그렇게 모든 일정을 소화하고 나니, 어느새 해가 넘어가 있었다.

그리고 그 즈음, 또 한 명의 메이저리거가 탄생했다는 소식이 들려왔다.

제6장

또 한 명의 코리안 메이저리거

서울 강남의 C호텔.

평소라면 보기 힘든 취재진들이 장사진을 이루고 있었다.

그리고 그들의 앞에 설치된 무대에는 수많은 후원사의 로고와 함께 그 주인공이 누구인지를 알리는 문구가 적혀 있었다.

〈강태성, 텍사스 레인저스 입단!〉

그리고 잠시 뒤.

파파파팍!

파팍!

카메라 수십 대에서 동시다발적으로 플래시가 터지며 기자 회견이 시작되었음을 알렸다.

　간단한 사진 촬영이 끝나고, 진행자가 기자들의 질문을 받기 시작했다.

　기자들의 최대 관심사는 단연 코리안 메이저리거와의 맞대결이었다.

　"텍사스 레인저스를 선택한 이유는 무엇입니까?"

　한 기자의 질문에 태성은 가볍게 미소를 지어 보였다.

　"우승에 대한 열정이 있는 팀. 그 팀에게 우승 트로피를 안겨주고 싶다. 그런 열정이 통하는 레인저스야말로 저와 잘 어울리는 팀이라고 생각했습니다."

　파파팍!

　질문이 하나하나 이어질 때마다 기자들의 플래시 세례가 이어졌다.

　"강민우 선수가 소속된 내셔널리그가 아닌 아메리칸리그의 팀을 선택한 이유가 있습니까? 올 시즌 다저스와 레인저스는 인터리그에서 만날 예정이 없는데요. 혹시 일부러 피한 건 아닌가요?"

　질문을 던진 기자의 말은 마치 강태성이 발끈하기를 바라는 것과 같은 뉘앙스를 보였다.

　태성은 그 질문에 눈썹을 움찔거렸지만 곧 환한 미소를 지은 채 고개를 저었다.

"하하. 이전 질문과 비슷한 대답이 될 수 있겠네요. 제가 레인저스를 선택한 것은 순전히 레인저스와 저의 목표가 일치했기 때문입니다. 그 외의 다른 이유는 아무것도 없습니다. 만약 레인저스와 다저스가 다시 한 번 월드 시리즈 무대에서 맞붙게 된다면, 그때 여러분이 원하는 빅 매치가 성사될지도 모르겠군요."

4년 4,800만 달러(약 552억 원).

일반적인 소시민으로서는 평생을 일해도 만져볼 수 없는 엄청난 금액의 계약금은 태성의 자신감을 하늘 높이 올라가게 만들고 있었다.

일각에서는 큰 무대에서 검증되지 않은 한국의 타자에게 이만한 금액을 안겨주는 것은 꽤나 후한 대우를 해주는 것이라는 의견과 한국 최고의 타자가 헐값에 계약을 맺은 것이라는 의견으로 나뉘어 열띤 토론이 벌어졌다.

하지만 이미 레인저스와 강태성의 계약은 합의를 이룬 상태였기에 많은 이들은 무의미한 토론보다는 얼마 뒤 열릴 스프링캠프와 시범 경기에서 태성이 과연 어떤 모습을 보여줄지 기대에 찬 시선을 보내고 있었다.

*   *   *

'강태성이 레인저스와 계약을 했구나.'

민우는 하루 종일 뉴스를 점령하고 있는 태성의 소식에 어느샌가 잊고 있었던 과거의 기억을 떠올렸다.

2군에서의 선전에도 승격은커녕 방출을 당했던 쓰라린 경험.

근거 없는 소문이라고 생각했던 일이 현실이 되자 태성에 대한 원망의 마음이 생겼던 것도 사실이었다.

하지만 민우는 이내 가볍게 고개를 털며 과거의 기억도 함께 털어냈다.

'뭐, 그런 아픈 경험이 있었기 때문에 더 큰 무대로 갈 수 있는 계기가 된 거니까. 더군다나 일정대로라면 강태성과 정규 리그에서 만날 일은 없을 테니. 굳이 얼굴도 본 적 없는 사람에게 괜한 신경을 쓸 필요는 없겠지.'

과거는 과거일 뿐이었다.

메이저리그에서는 실력이 모든 것을 말해준다.

한국에서처럼 말도 안 되는 일이 벌어질 리도 없었다.

'다만 올 시즌에도 월드 시리즈 무대에서 만날 확률은 존재하겠지.'

민우는 에이전트가 전해주는 정보 외에도 뉴스를 통해 각 팀이 전력 보강을 위해 발 빠르게 움직이고 있다는 것을 시시각각 전해 듣고 있었다.

특히, 월드 시리즈에서 다저스에게 4연패로 쓸쓸하게 물러났던 레인저스가 올 시즌 다시 한 번 월드 시리즈 무대에 올라올 확률은 충분히 존재했다.

전문가들은 강태성이 메이저리그에서도 충분히 30홈런을 때릴 수 있을 것이라는 추측을 내놓고 있었다.

여기에 월드 시리즈에서 결정적인 순간마다 수비 불안을 보이며 완패의 원흉으로 지목된 영을 지명타자로 돌리는 대신, 비어버린 3루에 올 시즌 보스턴 레드삭스에서 28홈런을 치며 완벽히 부활에 성공한 베테랑 3루수, 벨트레를 영입하는 등 타격의 팀이라는 명성에 걸맞게 전력 보강을 단단하게 하며 차기 우승 후보 중 한 팀으로 꼽히고 있었다.

'다저스라고 가만히 있는 건 아니지만……'

다저스 역시 오프 시즌 동안 월드 시리즈 우승 팀이라는 명성에 비해 부족한 전력을 하나하나 채워 넣었다.

내야진에서 올해로 39살이 된 블레이크와 38살이 된 캐롤의 체력을 감안해 3루와 2루를 모두 볼 수 있으면서도 한 방까지 겸비한 유리베를 라이벌 팀인 SF로부터 영입했다.

여기에 제 몫을 해주고 있는 1~4선발에 비해 마땅히 내세울 투수가 없던 5선발 자리를 채우기 위해 지난 시즌 14승 투수이자 9년 연속 10승을 기록한 우완 갈랜드를 데려오며 우승을 위한 퍼즐을 하나하나 맞춰가고 있었다.

하지만 지금의 전력으로 우승을 경험해서일까.

다저스의 콜레티 단장은 현 전력을 유지하는 선에서 대형 FA의 영입보다는 베테랑 위주의 영입 행보를 보이고 있었다.

그리고 그들의 자리를 만들기 위해 전력 외로 판단되는 선수들은 방출을 당하게 되었다.

켐프가 주전 좌익수로 확고히 자리를 잡으며 잉여 전력이 되어버린 존슨이 재계약을 맺지 못하며 팀을 떠나게 되었다.

여기에 블레이크와 캐롤이 굳건히 자리를 지키는 곳에 내야 전 포지션을 소화할 수 있는 유리베가 합류하게 되면서 부진한 성적을 보였던 테리엇과 벨리아드는 계약 종료와 함께 자연스럽게 팀을 떠나게 되었다.

같은 팀에 몸담았던 동료가 떠나는 것이 마냥 마음이 편하지만은 않았다.

하지만 성적이 모든 것을 말해주는 메이저리그였기에 민우가 할 수 있는 것은 그들에게 작별 인사를 건네는 것뿐이었다.

'떠난 사람들은 아쉽지만 나는 내 자리에서 최선을 다해야겠지.'

아쉬움은 뒤로 미뤄두고, 자신을 믿어주는 이들을 위해서라도 최선을 다할 생각이었다.

민우는 한국에서의 첫발을 내딛게 해준 이들과의 만남을 끝으로 한국에서의 행보를 끝냈다.

그리고 개인 훈련을 위해 LA가 아닌 애리조나로 향했다.

다저스가 전력 보강을 모두 끝낸 뒤, 다저스의 팬들 중에는 이 전력으로 다시 한 번 우승에 도전할 수 있을지 의문을 품는 이들이 존재했다.

지난 시즌, 9월 초까지 리그 4위에 머물렀던 다저스였기에 대형 FA 보강 없이는 버겁지 않을까 하는 판단 때문이었다.

하지만 한편으론 믿는 구석이 있기 때문에 충분히 가능하다고 생각하는 이들이 많았다.

'기록 파괴자', '코리안 몬스터', '슈퍼 루키' 등 겨우 한 달 남짓한 짧은 기간 동안 숱한 별명을 얻어낸 민우가 있었기 때문이었다.

4위에서 우승까지 이뤄내는 기적을 만들어냈기에 팬들은 새 시즌을 희망적으로 바라보고 있었다.

                    *   *   *

한국과 달리 메이저리그에서는 스프링캠프가 열리는 2월 전까지 선수들은 각자 개인적으로 훈련에 임하는 것이 보통이었다.

민우 역시 나이 차를 뛰어넘어 단짝이 되어버린 기븐스와 함께 애리조나에서 체력 훈련에 열중했다.

그렇게 훈련에 매진하는 사이, 시간은 빠르게 흘러갔고, 스프링캠프가 열리는 2월이 다가왔다.

그리고 그곳에서 민우는 반가운 얼굴들을 볼 수 있었다.

LA다저스의 스프링캠프는 애리조나 주의 글랜데일의 캐멀 백 랜치에 위치하고 있었다.

민우는 자신의 SUV를 타고 기븐스와 함께 훈련장으로 향했다.

구단 직원들과 인사를 나누고 라커 룸에 들어선 민우는 처음 보는 얼굴들이 가득한 모습에 기븐스를 바라봤다.

"못 보던 얼굴들이 많네요?"

민우의 말에 기븐스가 가볍게 고개를 끄덕였다.

"스프링캠프는 마이너리그의 새싹들이 메이저리그로 올라오기 위한 최고의 발판이나 마찬가지니까."

기븐스의 말대로 스프링캠프에는 40인 로스터에 든 선수 이외에도 메이저리그에 근접한 마이너리그 선수들이나 구단이 눈여겨보고 있는 유망주들이 경험을 쌓게 하기 위해 초대하는 경우가 많았다.

그리고 지금 다저스의 캠프에도 민우와 일면식이 없는 많은 선수가 초대를 받아 함께 자리를 하고 있었다.

그렇게 기븐스와 이야기를 나누던 민우는 너무나도 익숙한 두 얼굴을 발견하고는 환한 미소를 지어보였다.

"실베리오? 델모니코?"

"오! 민우!"

라커 룸 한쪽에서 대화를 나누고 있던 실베리오는 민우의 부름에 고개를 돌리더니, 곧 환한 미소와 함께 자리에서 일어나 민우에게 다가왔다.

"어떻게 된 거야?"

민우의 물음에 실베리오와 델모니코는 피식 웃음을 보였다.

"뭘 어떻게 돼. 우리도 당당히 스프링캠프에 초대받은 거지."

"거, 우리는 눈에 안 보이나 보네."

민우는 뒤쪽에서 들려오는 목소리에 고개를 돌리더니 다시금 환한 표정으로 그들을 반겼다.

"스미스! 샌즈! 고든!"

"오랜만이다. 못 보던 사이에 몸이 더 좋아졌는걸."

"이야, 반갑다, 반가워~"

"오랜만이야~"

너무나도 반가운 얼굴들이었다.

그들은 이미 한 팀에서 몸을 담은 적이 있었기에 따로 소개를 해주거나 하는 일은 없었다.

지난 번 방문에 실베리오만을 만났던 민우였기에 훈련이 시작되기 전까지 그동안의 회포를 푸느라 정신없이 말을 주고받았다.

"그러니까 올해는 조금 파격적인 행보라 이거죠?"

민우의 물음에 스미스가 가볍게 고개를 끄덕였다.

"더블A 선수인 우리야 그럴 수도 있다고 치더라도, 하이 싱글A에 속한 실베리오랑 델모니코까지 스프링캠프에 초대된 걸 보면… 보통 구단에서 눈여겨보고 있는 선수가 아니라면 더블A 아래는 스프링캠프에 초대되기 힘들거든. 아무래도 민우, 네가 보인 모습이 꽤나 인상적이었나 봐."

스미스의 말에 민우가 고개를 끄덕였다.

"제가 좀 잘하긴 했죠?"

"허허허."

"뭐라고 받아치고 싶은데, 맞는 말이라 할 말이 없네."

"쩝."

민우의 능청스러운 반응에 스미스는 그저 웃음을 보였고, 샌즈와 고든은 입맛을 다시면서도 환한 미소를 지어 보였다.

민우는 그런 그들을 바라보면서도 곧 벌어질 미래에 약간은 안쓰러운 마음을 가졌다.

'많아야 한두 명을 빼고는 다시 마이너리그로 내려가겠지.'

스프링캠프장으로 오는 동안, 기븐스가 설명해 준 스프링캠프란 그런 곳이었다.

마이너리거들에게 희망을 주기도 하지만, 더 큰 절망을 주기도 하는 곳.

메이저리그에서 이미 산전수전을 겪으며 25인 로스터를 지키고 있는 선수들 사이로 마이너리그의 햇병아리들이 비집고 들어갈 틈은 거의 없다고 보아야 했다.

특히나 그들의 포지션은 새로운 선수의 영입으로 인해 이미 자리가 모두 채워진 상태였다.

결국 그들이 과거의 자신처럼 미친 듯한 활약을 보이지 않는 한, 로스터에 들어올 수 있는 가능성은 더더욱 낮다고 할수 있었다.

그나마 고든은 더블A에서 3할을 넘는 준수한 타율을 기록하며 테리엇과 벨리아드가 팀을 떠나며 공석이 된 백업 2루수자리에 입성할 확률이 높은 것이 다행이라면 다행이었다.

사실 희망적으로 생각한다면 메이저리그 로스터 합류 이전에 현역 메이저리거들과 함께 훈련을 하며 실력을 가다듬을수 있고, 자신을 돌아보는 경험을 할 수 있다는 것으로 스프링캠프의 장점이라고 할 수 있었다.

하지만 주전이 될 수 있는 뛰어난 실력을 보이거나, 구단이눈여겨보고 있는 유망주가 아니라면 한 경기만을 뛰고도 마이너리그로 돌아가는 것이 부지기수였기에 나쁘게 생각하면희망 고문이나 마찬가지였다.

민우의 얼굴에 그런 감정이 드러났는지, 스미스가 민우의어깨에 손을 올렸다.

"무슨 생각을 하는지 대충 알겠네. 얼굴 펴라."

민우는 그 말에 속마음을 들킨 것 같아 두 눈을 크게 떠보였다.

그 모습에 피식 웃은 스미스가 말을 덧붙였다.

"우리는 네가 생각하는 것만큼 약하지 않아. 이미 몇 번을더 겪은 일이야."

"뭐야. 지금 우리 걱정하는 거야?"

눈치 빠른 고든의 능청스러운 물음에 샌즈와 실베리오, 델 모니코도 피식 웃어 보였다.

스미스는 그들을 잠시 바라보고는 민우에게로 시선을 돌렸다.

"너무 걱정하지 마. 우리도 우리 나름대로 좋은 점이 있으니까. 2주에 한 번 나오는 급여도 메이저리그 최저 연봉만큼 나오니까 돈 걱정도 없고. 만약 여기서 아쉽게 다시 마이너리그로 내려가게 되더라도 눈도장만 확실히 찍어놓으면 다음에 다시 기회가 올 테니까 말이야. 그런 면에서는 이 무대에 초대조차 받지 못한 선수들보다는 우리가 훨씬 낫지. 안 그래?"

"그럼요~"

"두말할 필요 없죠."

선수들의 반응에 민우는 그제야 자신이 주제넘게 그들을 걱정한 것이 아닌가 싶어 민망함을 느꼈다.

"그러네요. 뭐, 아직 결정된 건 아무것도 없는데 벌써부터 그런 생각을 할 필요는 없겠죠?"

"그래. 네가 다저스를 우승으로 이끌었듯이, 우리도 메이저리그까지 힘껏 달려가 볼 테니까."

"크으~ 역시 스미스 형님!"

고든은 스미스의 옆에 찰싹 달라붙어 손바닥을 비비는 제스처를 취해 보였다.

"푸하핫."

"고든은 변한 게 없구나."

그 모습에 모두가 웃음을 터뜨리며 조금이나마 무거웠던 분위기가 금세 풀려 화기애애해졌다.

그렇게 못다 한 회포를 풀며 시간을 보내던 선수들은 올 시즌부터 다저스를 이끌게 된 매팅리 감독이 라커 룸에 들어서는 모습에 조용히 입을 다물었다.

"알다시피 지난 시즌엔 타격 코치로 여러분과 함께했지만, 올 시즌부터는 다저스의 감독을 맡게 되었다. 다시 한 번 반갑다는 인사를 하지."

매팅리의 가벼운 소개에 선수단이 박수를 치며 신임 감독을 맞이했다.

이후 가벼운 대화를 주고받으며 선수들의 분위기를 풀어준 매팅리 감독은 시즌에 대한 목표를 다졌다.

"우리는 월드 시리즈 우승을 경험해 본 팀이다. 그리고 이곳에는 그 무대를 함께했던 이들이 있고, 그 무대를 먼 곳에서 지켜본 이들도 있다."

매팅리는 그 말과 함께 선수들의 면면을 하나씩 살펴보았다.

몇몇 선수는 벌써부터 각오에 찬 눈빛을 보이고 있었고, 또 몇몇의 선수는 뿌듯한 표정을 짓고 있기도 했다.

매팅리는 선수들의 다양한 반응을 살피며 천천히 말을 이어갔다.

"나는 우리의 우승 DNA를 계속 유지하고, 또 더욱 발전시킬 생각이다. 그러기 위해서는 현실에 안주하지 않고, 계속해서 발전해 나가야 한다. 그리고 바로 지금 이 자리에서 그 길을 같이 나아갈 선수들을 찾을 생각이다."

매팅리의 이야기에 마이너리그에서 초대된 선수들이 결의에 찬 눈빛을 보이기 시작했다.

매팅리는 그런 선수들의 눈빛에 가볍게 미소를 지어 보였다.

"기회의 문은 모두에게 열려 있다. 현재 주전군에 있다고 하더라도 부진한 성적을 보이는 이는 분발해야 할 것이다. 반면, 현재 후보군에 있다고 하더라도 기대 이상의 모습을 보여준다면 스프링캠프에 남아 시범 경기, 더 나아가 메이저리그 개막전에서도 함께할 수 있을 것이다."

매팅리의 말은 아직까지 우승의 분위기에 취해 있던 일부 주전 선수들의 마음에 경각심을 심어주고 있었다.

반면, 마이너리그에서 초대된 선수들에게는 얼마든지 문이 열려 있다는 희망을 안겨주고 있었다.

시시각각 변해가는 선수들을 바라보며 매팅리는 마지막 말을 건넸다.

"나는 자네들의 능력과 노력을 믿는다. 자네들이 스프링캠프에 머무는 동안 성장과 발전을 이루도록 나 또한 노력을 아끼지 않을 것이다. 어렵거나 힘든 점이 있다면 언제라도 나에게 찾아온다면 얼마든지 상담을 해줄 것이다. 그럼, 앞으로 다저스를 이기는 팀으로 만드는 데 주인공이 되어 꼭 함께할 수 있기를 바란다. 이상이다."

매팅리의 말이 끝나자 고든이 환한 미소를 지으며 소리를 질렀다.

"한 번 해보자고!"

"오우!"

"끝까지 버틴다!"

"좋아!"

그 모습에 델모니코와 실베리오, 샌즈가 덩달아 의지가 담긴 목소리를 냈고, 스미스는 말없이 주먹을 들어 보이며 웃음을 보일 뿐이었다.

"저들. 의욕이 넘치는데?"

"네. 스미스를 제외하면 모두 첫 스프링 캠프일 테니까요. 뭐, 그건 저도 마찬가지지만요."

"너는 경우가 좀 다르지. 아무튼 다들 잘 됐으면 좋겠네. 운이 따라주지 않으면 한두 경기 만에 떨어져 나갈 수도 있으니까."

기븐스의 말에 민우는 그들이 잘 되길 바라며 같이 주먹을 들어 응원을 보냈다.

다저스의 훈련은 두 개의 조로 나뉘어 진행될 예정이었다.

훈련조는 민우와 기븐스가 속한 주전군과 실베리오, 스미스 등이 속한 후보군으로 나뉘어 있었다.

여기서 다시 투수조, 포수조, 야수조 등으로 나뉘어 체계적인 훈련이 진행될 예정이었다.

주전군은 실력 점검과 경기 감각을 끌어 올리는 데에 주력할 예정이었고, 후보군은 메이저리거 후보진과 마이너리거들이 한데 섞여 후보진은 주전을, 마이너리거들은 메이저리그 로스터 진입을 위해 분발할 예정이었다.

특히, 두 팀으로 나누어 연습 경기를 치르면서 두각을 보이는 선수들은 주전군에 합류에 메이저리그에서도 통할 실력인지를 검증받게 될 예정이었다.

그리고 두 번째 연습 경기 만에 부상을 당하며 마이너리그로 돌아갈 탈락자가 발생했다.

마이너리그 더블A 출신 우완 투수인 포머랜즈가 그 주인공이었다.

마이너리그로 돌아가기 위해 짐을 챙기는 그의 뒷모습이 유난히 쓸쓸해 보였다.

민우 자신이 한국에서 1군 승격을 위해 고되게 훈련에 임하던 그때의 모습이 투영되는 듯했기 때문이었다.

'여기서 좌절하지 않고 더 성장하기를 바라야겠지.'

민우가 포머랜즈를 바라보는 모습에 기븐스가 그 곁으로 다가왔다.

"스프링 트레이닝 암이라더군. 안타깝게 됐어."

스프링 트레이닝 암이란, 몸이 훈련을 소화할 만큼 충분히 만들어지지 않은 상태에서 팔 근육을 무리하게 사용했을 때 염증과 통증이 유발되는 것을 말하는 것이었다.

주로 시즌 준비를 시작하는 스프링 트레이닝에서 종종 볼 수 있는 부상이었다.

포머랜즈의 경우, 경미한 정도를 넘어서 일주일 이상의 휴식이 필요할 정도라고 했다.

그리고 일주일 이상의 공백은 자신의 자리가 확실하지 않은 마이너리거에게는 바로 경쟁에서의 탈락을 의미했다.

"결국 오프 시즌 동안 몸을 충분히 만들지 못해서 저러는 거지. 아쉽겠지만… 지금 당장 이곳에 남겠다는 의욕이 너무 넘쳤어."

기븐스의 말에 민우도 동의한다는 듯 고개를 끄덕이면서도 씁쓸한 표정을 감출 수 없었다.

'충분히 훈련을 할 여유가 없었겠지.'

민우와 기븐스는 진작에 애리조나에 자리를 잡고 시즌 준비를 해왔기에 이미 몸 상태를 충분히 끌어 올렸고, 불편한 부분 없이 훈련에 매진할 수 있었다.

하지만 메이저리거와 마이너리거는 달랐다.

'민우 역시 마이너리그 생활을 경험하면서 그들이 얼마나 고되고 힘들게 운동을 하는지를 알고 있었다.

일부 선수들은 경기를 뛰는 것 이외에도 다른 일을 하며 운동과 생활에 필요한 돈을 번다고 했다.

포머랜즈 역시 보통의 마이너리거였고, 그런 경우와 별반 다를 것이 없었다.

아마 그의 부상도 결국은 충분한 훈련을 할 여유가 없었던 것이 이유라는 생각이 들었다.

하지만 메이저리거는 어떤 상황에서도 자기 관리를 하고, 제 가진 실력을 모두 보일 수 있는 이들만이 설 수 있는 곳이었다.

그리고 포머랜즈의 부상으로 다른 마이너리거가 기회를 얻게 되는 것이 스프링 트레이닝의 이치였다.

민우는 며칠 전, 자신의 걱정에 스미스가 보였던 반응을 떠올리고는 가볍게 고개를 저었다.

'내가 저들의 부모는 아니잖아. 내가 할 수 있는 건 그저 그들이 좌절을 하지 않고, 끝까지 버텨서 올라오는 것을 응원하는 것뿐이지.'

곧 포머랜즈는 스프링 캠프를 떠났고, 다저스의 훈련은 지체 없이 계속됐다.

*　　　*　　　*

3월 30일.

개막을 하루 앞둔 날이었기에 마지막 경쟁을 치르는 선수들의 눈빛에는 비장함마저 감돌고 있었다.

민우는 오늘 경기에서 중견수로 선발 출장해 두 번의 타석에서 2루타 하나를 때리고 백업 중견수, 오엘첸과 교체가 된 상태였다.

'오늘이 마지막이구나.'

시범 경기 막바지에 이르자 50여 명이 넘는 인원으로 시작했던 스프링캠프 인원은 거의 반절로 줄어들어 있었다.

민우의 옛 동료는 델 모니코를 시작으로 실베리오, 그리고 고든까지 마이너리그로 돌아간 뒤였다.

이 셋은 스프링캠프에서 2할에 못 미치는 타율을 기록하며 일찌감치 경쟁에서 떨어져 나가고 말았다.

'고든이 이 정도로 부진한 것은 의외였지.'

더블A에서 3할을 웃도는 타율을 기록한 고든이었기에 민우는 그가 마지막까지 살아남을 확률이 높다고 생각했다.

하지만 그 예상을 깨고 캠프에서 현재까지 생존한 이는 1루수로 주로 출전한 스미스와 우익수로 많은 경기를 뛴 샌즈였다.

오늘 경기에서도 스미스와 샌즈는 각각 로니와 이디어를 대신해 그라운드에 나선 상태였다.

현재까지 스미스와 샌즈는 호성적을 기록하고 있었다.

스미스는 0.583의 타율에 3개의 홈런을, 샌즈는 0.313의 타율에 1개의 홈런을 기록하고 있었다.

만약 주전 로스터에 구멍이 많은 팀이었다면 충분히 개막전까지 함께 갈 만한 성적이었다.

'구멍이 많은 팀의 경우엔 말이지……'

지난 시즌 막판까지만 해도 다저스의 좌측 코너는 외야와 내야를 가리지 않고 노장 선수로 채워져 있었다.

하지만 시즌 막판, 켐프의 부활과 함께 그 위치가 주전 좌익수로 확정됐고, 오프 시즌 동안 전천후 내야수인 유리베가 합류하면서 그 빈틈마저 메워졌다.

이로 인해 둘 중, 스미스가 비집고 들어갈 틈이 없어지고 말았다.

따아악!

민우가 생각에 잠겨 있던 사이, 타석에 들어섰던 스미스의 배트가 불을 뿜었다.

길게 체공을 하던 타구는 아슬아슬하게 펜스를 넘어갔고, 스미스는 베이스를 돌며 주먹을 가볍게 쥐어 보였다.

"나이스 홈런!"

민우는 그 모습에 마치 자신이 홈런을 친 것처럼 기뻐했다.

하지만 그런 맹활약에도 큰 이변은 없었다.

스프링캠프의 마지막까지 살아남았던 스미스는 마이너리그 행 통보에 묵묵히 짐을 싸고 캠프를 떠났다.

"내 몫까지 열심히 뛰어줘."

스미스의 마지막 말에는 아주 미미하게 회한의 감정이 느껴졌다.

민우는 그런 스미스에게 그저 씁쓸하게 웃어 보일 수밖에 없었다.

만약 스미스가 32살이 아닌 23살이었다면 충분히 토스터에 합류했을지도 몰랐다.

하지만 그의 많은 나이가 결국 그가 보여준 성적에 대한 평가를 절하시켰고, 팀 내 포지션까지 겹치며 그를 마이너리그로 내려보내고 말았다.

하지만 떠나는 이가 있으면 남는 이도 있는 법이었다.

민우의 옆에 나란히 선 샌즈는 그런 스미스의 말에 굳은 표정으로 고개를 끄덕였다.

"지켜봐. 꼭 성공해 낼 테니까."

샌즈의 각오에 스미스가 피식 웃으며 그 어깨를 가볍게 두드리고는 몸을 돌렸다.

그렇게 많은 이가 꿈과 희망을 불태운 스프링캠프가 끝이 나고, 정규 시즌이 시작되었다.

*　　　　*　　　　*

〈'코리안 몬스터' 강민우, 다저스타디움 개막전부터 SF 린스컴 상대로 2연타석 홈런포 폭발! 다저스는 개막전 승리 거둬.〉

강민우가 개막전부터 홈런쇼를 보여줬다.

현지 시각으로 3월 31일. 다저스타디움에서 열린 SF와의 개막전에서 강민우는 상대 선발 린스컴을 상대로 첫 타석에서 솔로 홈런, 두 번째 타석에서 스리런 홈런을 뽑아내며 4타점을 쓸어 담았다…….

〈레인저스 강태성, 보스턴 레스터에게 끝내기 홈런 포함 안타 2개 뽑아내. 팀은 7 대 5로 승리.〉

4월 1일. 레인저스 볼 파크 인 알링턴에서 보스턴 레드삭스와의 시즌 1차전 경기가 열렸다.

이날 텍사스 레인저스 소속 5번 타자이자 붙박이 1루수로 선발 출전한 강태성은 5타석 5타수 2안타 3타점 1득점을 기록하며 순조로운 출발을 알렸다.

주자 없는 첫 타석에서 범타로 물러났던…(중략)… 9회 말 1아웃 주자 2, 3루 상황에서 끝내기 스리런 홈런을 때려내며 레인저스에 기분 좋은 첫 승을 안겼다.

시범 경기에서 정확히 0.300의 타율과 5개의 홈런을 때려내며 레인저스의 팬들을 흡족하게 만들었던 강태성이 과연 정규 리그에서도 좋은 모습을 보여줄지 그 귀추가…….

지난 시즌, 월드 시리즈에서 맞붙었던 양 팀은 누가 먼저라고 할 것 없이 첫 경기에서 첫 승을 신고하며 쾌조의 스타트를 끊었다.

민우가 먼저 2개의 홈런포를 쏘아 올리자, 이에 지지 않겠다는 듯 태성도 끝내기 홈런을 날리며 자신의 가치를 증명했다.

하지만 시즌이 흘러갈수록, 그 분위기는 조금씩 어긋나기 시작했다.

〈LA다저스, 강민우의 끝내기 홈런으로 4월 마지막 경기 승리로 장식. 개막전부터 20승 8패 기록하며 1위 수성.〉

LA다저스는 서부 지구 1위, 강민우는 홈런 1위.

LA다저스의와 함께 강민우의 거침 없는 질주가 계속되고 있다.

현지시각으로 30일, 강민우는 9회 말, 파드리스 마무리 벨을 상대로 끝내기 투런 홈런을 쏘아 올렸다.

이 홈런으로 강민우는 4월까지만 벌써 15개의 홈런을 기록하며 9개를 때려내며 2위에 자리한 바티스투타를 비롯해, 8개를 때려낸 버크만과 7개를 때린 크루즈까지 멀찍이 따돌리며 홈런 선두 자리를……

〈텍사스 레인저스, 16승 11패로 한 경기 차로 단독 선두. 강태성은 무안타.〉

텍사스 레인저스가 2연패 뒤 1승을 거두며 선두 자리를 되찾았다.

레인저스는 오클랜드 어슬레틱스와의 원정 경기에서 11점을 뽑아내며 2점을 뽑아내는 데 그친 어슬레틱스를 누르고 4월의 마지막 승리를 챙겼다.

영과 벨트레, 크루즈가 나란히 홈런포를 쏘아 올리며 도합 7점을 장식했지만, 강태성의 홈런포는 다시 한 번 침묵하며 팬들을 우울하게 만들었다.

강태성은 개막전 끝내기 홈런을 시작으로 4일 말린스 전, 9일 오리올스 전까지 3개의 홈런을 뽑아낸 것을 끝으로 30일까지 무려 19경기 동안 침묵을 이어가고 있다.

이 기간 동안 타율은 0.248에 그치며 기대 이하의 모습을 보이며 우려를 자아내고…… .

강민우와 강태성.

두 코리안 메이저리거의 극과 극을 달리는 성적에 뉴스 기사에는 연일 두 선수를 비교하는 댓글들이 달리기 시작했다.

―이야, 역시 미국 밑바닥부터 치고 올라가서 월드 시리즈 우승까지 해서 그런가? 클라스가 다르네.

―미쳤다 진짜ㅋㅋ 올 시즌에 본즈 기록 한 번에 깰 기세인데?

―'갓민우'라는 별명이 괜히 붙은 게 아니지. 같은 강 씨인데 강태성은 왜 저러냐? 실력도 없는 게 메이저리그 진출은 왜 해가지고 한국 망신 다 시키냐고.

―난 아직도 웃기던데. 월드 시리즈에서 볼지도 모른다고? 아놔ㅋㅋㅋ.

―레인저스야! 또 속냐!

―레인저스 자선구단. 인정합니다.

―문제는 타율보다 홈런이지. 펀치력 하나만큼은 메이저 수준이라고 평가받고 메이저 간 건데, 19경기 침묵은 변명의 여지가 없다. 0.248이라도 홈런만 빵빵 터져 주면 이 정도는 아닐 텐데.

―다들 모름? 강태성 외국인 투수만 만나면 통산 타율이랑 장타율 각각 1할씩 빠지는 거?

―에휴. 강태성이 때문에 이제 한국에서 메이저리그 직행하는 타자들 발목 잡힐 듯.

―새삼스럽지만 강민우가 얼마나 대단한지 다시 한 번 깨닫게 되는 결과다.

이미 민우의 대활약에 자존심이 크게 상승한 한국의 야구 팬들이었다.

그런 팬들에게 계속된 부진을 보이는 태성의 모습은 곧 그들의 자존심을 해치는 것이었다.

그들에게 민우는 자랑스러운 존재였고, 태성은 숨기고 싶은 부끄러운 존재가 되어 있었다.

이런 한국에서의 반응으로 인해 가장 곤혹스러운 것은 태성과 스폰서 계약을 맺은 기업들이었다.

한국에서 맹활약할 때만 하더라도 그 홍보 효과를 톡톡히 누리며 함박웃음을 짓던 기업들은 태성의 연이은 부진과 함께 눈에 띄게 떨어지는 매출 곡선에 순식간에 얼굴을 바꿨다.

다른 나라에 비해 유독 1등을 중요시하는 한국이었기에 그들은 일찍이 다음 계약을 민우와 맺어야 하는 것이 아닌가 하는 심각한 고민에 빠져들고 있었다.

*　　　*　　　*

5월 1일.

레인저스는 어슬레틱스와의 원정 4연전을 이어가고 있었다.

1패 뒤 1승을 기록하며 아슬아슬하게 지구 1위를 유지하고 있는 레인저스였기에 선수들의 분위기는 조금은 날카로움이 느껴지고 있었다.

아직 훈련 시간에는 여유가 있었기에 선수들은 삼삼오오 모여 유니폼을 챙겨 입으며 수다를 떨고 있었다.

뿌드득!

먼 곳에 있던 선수들은 듣지 못했지만, 태성의 바로 옆에 있던 영은 귀를 찌르는 듯한 소리에 흠칫 놀란 표정을 지어 보였다.

소리의 진원지는 영의 바로 옆 라커를 사용하는 태성이었다.

태성은 상의를 탈의한 채 근육질의 몸매를 뽐내고 있었는데, 그 손에 들린 스마트폰을 뚫어져라 바라본 채 무서운 표정을 짓고 있었다.

"헤이, 태성. 괜찮아? 무슨 일이야?"

영의 물음에도 태성은 반응이 없었다.

툭툭.

"강?"

영이 태성의 어깨를 가볍게 치자 흠칫하는 반응을 보인 태성이 영을 바라봤다.

"어, 영. 무슨 일이야?"

"아니. 그건 내가 물을 말이야. 도대체 뭘 봤기에 그렇게 이를 갈고, 불러도 반응이 없었던 거야? 누가 네 욕이라도 한 거야?"

영이 가볍게 던진 물음에 태성의 표정이 일순 굳어졌다가 풀어졌다.

"아니. 아무것도 아니야. 잠깐 딴 생각을 하느라."

"흠. 그래? 뭐, 그렇다면 알겠어. 훈련 시간 늦지 않게 얼른 옷부터 입으라고."

"알겠어. 챙겨줘서 고마워."

태성이 가볍게 웃으며 고마움을 표하자 영이 피식 웃으며 그 어깨를 툭 건드렸다.

그렇게 선수들이 하나둘 라커 룸을 빠져나가자 언제 웃고 있었냐는 듯, 태성의 표정이 급격히 굳어져 갔다.

그러고는 가방에서 무언가가 담긴 병을 꺼내 들고는 잠시 동안 뚫어져라 바라보았다.

하지만 이내 고개를 저은 태성이 그 병을 신경질적으로 가방에 쑤셔 넣었다.

'젠장. 젠장! 겨우 이딴 게 뭐라고!'

잠시 그렇게 병을 쑤셔 넣은 가방을 뚫어져라 바라보던 태성이 몸을 획 돌려 라커 룸을 빠져나갔다.

*　　　　*　　　　*

레인저스의 어슬레틱스 원정 3차전.

경기는 일찌감치 어슬레틱스 쪽으로 기울어진 상태였다.

레인저스의 선발투수로 나선 해리슨이 1.2이닝 4실점으로 강판된 데 이어, 뒤를 이어 올라온 부시마저 수비 실책으로 인해 2실점을 하고, 3번째 투수인 터커까지 1실점을 허용하고 말았다.

3회 말까지 도합 7실점을 내어준 레인저스는 타선이 좀처럼 터지질 않으며 추격의 발판을 마련하지 못하고 있었다.

9회 초.

레인저스의 정규 이닝 마지막 공격이 진행되고 있었다.

"아웃!"

따악!

"스트라이크 아웃!"

따악!

레인저스의 타선은 마치 징검다리를 건너듯, 연속적으로 폭발하지 못하는 모습이었다.

간신히 2개의 안타를 때리며 1, 2루에 주자를 내보내는 모습에 레인저스의 팬들은 잠시 득점에 대한 기대를 품었다.

하지만 타석에 들어서는 타자가 누구인지 알고 있었기에 팬들은 그리 큰 기대를 걸지 않고 있었다.

'이번에도 삼진이겠지.'

'제발 하나만 때려줘.'

'지더라도 자존심은 세워야 할 것 아니야?'

머나먼 원정길까지 동행해 준 팬들이었다.

하지만 그들의 눈빛에서 느껴지는 불신의 감정은 고스란히 태성에게까지 전해지고 있었다.

'하아, 빌어먹을. 내가 이딴 대접을 받을 줄이야.'

한국에서는 LC를 우승시키며 정점을 찍었던 태성이었다.

시범 경기에서도 준수한 성적을 내며 정규 리그를 기대하게 만들었었다.

하지만 태성이 하나 간과한 것이 있었다면 스프링캠프에서는 선수들이 초반부터 전력을 다하지 않는다는 것이었다.

긴 휴식 뒤에 치러지는 시범 경기였기에 주전 투수들은 서서히 컨디션을 끌어 올렸고, 태성의 배트에 얻어맞으면서도 크게 신경을 쓰지 않았던 것이다.

하지만 정규 리그에 돌입하자 몸이 풀린 투수들에게 태성의 배트는 너무나도 무뎠다.

특히나 몸 쪽을 찔러 들어오는 공이나 생소한 싱커 등의 변화구에 태성의 배트가 속수무책으로 돌아가자, 그들은 그 약점을 집중적으로 공략하기 시작했다.

그리고 바로 오늘, 태성은 앞선 3번의 타석에서 3개의 삼진을 기록하며 굴욕의 정점을 찍고 있었다.

그리고 마지막이 될 수도 있는 4번째 타석에서도 그 굴욕을 새로이 갱신해 가고 있었다.

어슬레틱스의 마운드에는 마무리 투수, 푸엔테스가 올라와 있었다.

푸엔테스는 4월 한 달 동안, 1승 2패 7세이브를 기록하고 있었는데 4.15의 높은 방어율 보이며 불안한 모습을 보이고 있었다.

어슬레틱스의 코칭스태프는 푸엔테스의 경기 감각을 끌어올리기 위해 마무리 상황이 아님에도 그를 등판시킨 상태였다.

하지만 푸엔테스는 코칭스태프의 기대에 미치지 못하는 불안한 모습으로 아웃 카운트 2개를 잡는 동안 2개의 출루를 허용한 상태였다.

하지만 그의 표정은 그 어느 때보다도 편안해 보였다.

바로 다석에 들어선 타자가 태성이었기 때문이었다.

슈우웅!

딱!

팍!

푸엔테스가 몸 쪽 구석으로 뿌린 공에 태성의 배트가 힘겹게 돌아갔다.

가까스로 파울을 만들어낸 태성의 얼굴이 딱딱하게 굳어져 있었다.

'젠장. 이렇게 물러날 순 없다고!'

분명 때릴 수 있을 것 같은 공임에도, 눈에 보이는 것보다 더 빠르게 홈으로 파고들었다.

그렇게 3개의 공을 상대하며 정타를 때린 것은 단 하나도 없었고, 볼카운트는 1볼 2스트라이크가 되어 있었다.

태성의 표정이 급격히 굳어지고 있는 것을 발견한 오클랜드의 포수, 커트 스즈키가 비릿한 미소를 지어 보였다.

"너에게 메이저리그는 아직 이른 것 같군, 풋내기."

조용히 귓가를 스치는 그 말에 태성의 신경이 분산되고 말았다.

무어라 반응을 하려던 태성은 뒤늦게 아차 싶어 다시 투수에게 집중을 하려 했지만 이미 한 번 흩어진 집중력은 쉬이 돌아오지 않았다.

슈우웅!

부웅!

팡!

"스트라이크 아웃!"

태성의 배트가 허무하게 허공을 갈랐고, 스즈키는 그런 태성을 신경조차 쓰지 않는다는 듯, 주먹을 불끈 쥐며 투수에게 다가갔다.

4타석 4타수 무안타 4삼진.

태성의 메이저리그 진출 이후, 가장 최악의 모습을 보인 날이었다.

*   *   *

경기가 끝난 뒤, 에인절스가 승리를 기록하며 공동 1위로 올라섰다는 소식이 들려오자 라커 룸의 분위기는 무겁게 가라앉았다.

"젠장! 에인절스 놈들한테 또 잡혔어."

"진짜 징글징글하네. 이 녀석들, 어떻게 따돌릴 수 없는 건가?"

하지만 그런 분위기를 참지 못하겠다는 듯, 앤드루스가 소파에 몸을 파묻으며 고개를 젖혔다.

"아~ 같은 강인데 우리 강이 좀 터져줘야 가능하지 않을까?"

"푸하핫!"

"큭큭. 그런가?"

"하긴. 아까 보니까 오늘도 홈런 한 방 쳤다던데? 스러런 홈런으로 말이야."

앤드루스의 장난스러운 목소리에 몇몇 선수가 피식거리며 웃음을 터뜨렸다.

하지만 장난의 대상이 되어버린 태성의 얼굴은 눈에 띄게 굳어져 있었다.

"지금 뭐라고 했냐?"

"응?"

배를 붙잡고 웃음을 터뜨리던 앤드루스는 자신을 뚫어져라 내려다보는 태성의 모습에 피식 웃어 보였다.

"헤이, 맨! 왜 발끈하고 그래? 장난이잖아. 장난!"

하지만 그런 앤드루스의 모습에 태성은 더욱 기분이 나빠지고 있었다.

"장난? 너는 지금 내가 기분이 좋아 보이냐?"

분위기가 이상하게 돌아가는 듯 보이자 영이 빠르게 달려와 그 둘을 떼어놓았다.

"이봐, 태성. 왜 그래? 경기 전부터 좀 이상하더니. 정말 무슨 일이라도 있는 거야?"

"헤이~ 맨! 그렇게 열내봤자 좋을 건 없다고!"

영의 뒤쪽에서 앤드루스의 깝죽거리는 듯한 목소리가 들려왔다.

태성은 그조차 마음에 들지 않는다는 듯, 곧 몸을 휙 돌려 자신의 자리로 돌아가더니, 짐을 챙겨 그대로 라커 룸을 빠져 나갔다.

엉겁결에 그 모습을 그대로 지켜본 선수들이 한숨을 쉬며 고개를 저었다.

"저 녀석, 도대체 성격이 어떻게 되먹은 거야?"

"한국에서 날고 기었다고 해도 여긴 미국이라고. 따지고 보면 저 녀석도 루키 아니야?"

"난 저 녀석 스프링캠프 때부터 별로였어."

"자자. 다들 진정하고 할 말 있으면 앞에서 하든가, 그럴 거 아니라면 애초에 하지 말라고. 어쨌든 우리는 한 배를 탄 사이란 말이야."

선수들이 쏟아내는 불만에 주장인 영이 그들을 다독였고, 그제야 그들은 몸을 돌려 각자의 짐을 챙기기 시작했다.

하지만 그들은 몰랐지만 발걸음을 멈춘 태성이 문 밖에서 그들의 목소리를 그대로 듣고 있었다.

꽉 쥐어진 태성의 주먹은 터질 듯이 부풀어 있었다.

'건방진 새끼들이. 누가 누굴 가르치려고 들어?

당장 돌아가서 녀석들의 면상을 후려갈기고 싶었다.

하지만 그랬다간 정신 나간 기자들의 먹잇감이 될 뿐이었고, 최악으로 치달은 여론 또한 자신에게 화살을 돌릴 것이 분명했다.

태성이 멈췄던 발걸음을 천천히 옮기기 시작했고, 뒤쪽에서 들려오던 목소리가 점점 잦아들었다.

그렇게 조용한 복도로 걸어 나가자 심장이 귀에 달린 듯, 쿵쾅거리는 소리가 태성의 머리를 흔들어놨다.

그리고 그 뇌리에 하나의 이름이 떠올랐다.

'강민우. 제까짓 게 내 머리 위에 서?'

뿌드득.

태성은 분하다는 듯, 이를 갈았다.

'조금만 기다려라. 네놈이 무슨 짓을 했는지 몰라도, 이 굴욕은 절대로 그냥 흘려보내지 않을 테니까.'

태성이 지나간 뒤, 텅 빈 복도의 공기가 무겁게 가라앉았다.

*   *   *

슈우욱!

따아악!

"와아아아아!"

"홈런이다!!"

"그대로 넘어가라!!"

크게 휘둘러진 태성의 배트가 불을 뿜었고, 날카롭게 쏘아진 타구가 하늘을 뚫을 듯 뻗어나가기 시작했다.

태성은 잠시 그 타구를 바라보더니 가소롭다는 듯한 표정으로 배트를 옆으로 내던지고는 천천히 다이아몬드를 돌기 시작했다.

그리고 팬들의 바람처럼, 끝없이 뻗어가던 타구는 레인저스 볼 파크 인 알링턴의 센터 펜스 너머 잔디밭에 안착했다.

─쳤습니다! 큽니다! 높이 떠오른 타구! 그대로 센터 방면으로! 펜스를 가볍게! 넘어~ 갑니다! 승부에 쐐기를 박는 스리런 홈런!

─와~ 강태성 선수. 정말 대단합니다! 5월 초까지만 하더라도 2할 5푼 언저리에 머물렀었는데요! 5월 중순부터 홈런포를 가동하며 타율을 순식간에 3할로 끌어 올리더니, 조금 전의 홈런으로 시즌 20호 홈런을 기록함과 동시에 타율도 3할 5푼을 넘어섭니다.

─올스타 브레이크를 앞둔 마지막 경기에서 자신의 가치를 완벽한 홈런으로 증명해 내는 강태성 선수! 올스타로 뽑아준 팬들의 기대에 완벽히 부응하는 모습입니다!

태성은 홈 팬들이 자리에서 방방 뛰며 쏟아내는 환호성에 입꼬리를 미미하게 말아 올리며 기쁨을 표했다.

태성은 손끝에 남아 있는 짜릿한 손맛을 음미하며 주먹을 불끈 쥐어 보였다.

환호성도, 손끝의 감각도 이제는 완전히 자신의 것인 양 당연하게 느껴지고 있었나.

하지만 더그아웃으로 돌아와 동료들과 기쁨의 하이파이브를 나눈 뒤, 그 표정은 금세 와락 일그러지고 말았다.

더그아웃 바로 위에 자리한 관중석에서 한 팬의 부러움이 담긴 목소리가 들려왔기 때문이었다.

"다저스의 강민우가 또 홈런을 쳤다네."

'뭐? 강민우 그 자식이 또 홈런을 쳤다고?'

태성은 자신도 모르게 발끈한 표정으로 소리가 난 곳으로 귀를 기울였다.

평소라면 관중들이 내지르는 소음 때문에 팬들이 나누는 대화 같은 것이 들려올 리가 없었지만, 한 번 귀를 찌르고 들어온 민우의 이름은 태성의 청력을 온통 그곳으로 쏠리게 만들고 있었다.

그리고 그 이야기에 관심이 쏠린 이는 태성만이 아니었는지, 소란스럽던 더그아웃 주변의 관중들도 일순 조용한 모습으로 그들에게 집중하고 있는 느낌이었다.

"와~ 또 쳤다고? 진짜 미친 거 아니야? 그럼 도대체 전반기에만 홈런이 몇 개야?"

옆자리에 앉은 일행의 물음에 말을 꺼냈던 팬은 이미 계산해 놨다는 듯, 곧장 목소리를 냈다.

"놀라지 말라고… 해도 놀랄 수밖에 없겠지. 무려 48개야!"

"허……."

"헐……."

48개라는 개수는 주변에 앉아 귀를 기울이고 있던 레인저스 팬들을 일순 허탈감에 빠지게 만들었다.

민우는 3월에 열린 개막전에서 1개의 홈런을 때려낸 것을 시작으로 4월 14개, 5월 15개, 6월 13개를 기록하며 미친 질주를 이어가고 있었다.

여기에 올스타 브레이크 전날인 오늘도 한 개의 홈런을 추가하며 7월에 기록한 홈런 개수는 총 5개로 늘어난 상태였다.

심지어 다저스의 경기는 레인저스의 경기보다 한 시간 늦게 시작된 상태였기에 어쩌면 민우의 홈런 개수는 더 늘어날 확률도 존재했다.

으득!

더그아웃 한편에서 태성이 거칠게 이를 갈았다.

하지만 팬들이 웅성거리는 소음에 묻혀 그 누구도 태성에게 관심을 보이지 않았다.

'인정할 수 없어. 어떻게 이런 말도 안 되는 기록을 세울 수가 있는 거지? 도대체 어떻게? 왜?'

태성의 뇌리에는 계속해서 의문이 차오르고 또 차올랐다.

하지만 그 답을 내려줄 이는 그 누구도 아닌 민우뿐이었다.

지금 당장에라도 민우를 두드려 패고 비밀을 캐내고 싶었다.

하지만 그럴 수 없다는 것은 태성이 가장 잘 알고 있었다.

더군다나 태성은 그런 민우의 기록을 쉬이 인정할 수 없었다.

그리고 그런 강박이 태성의 정신을 갉아먹고 있었다.

'내셔널리그에서 아무리 홈런포를 쏘아 올려봤자 아메리칸리그의 수준이 더 높다는 건 누구나 다 아는 사실이다.'

무서운 표정을 지은 채 허리를 숙이고 있던 태성은 곧 천천히 허리를 들었다.

그리고 언제 그랬냐는 듯 태성의 얼굴에는 편안한 미소가 자리를 잡고 있었다.

'그래. 그 녀석의 홈런도 결국 수준 차이에서 일어난 것뿐이야! 멀리 갈 것도 없다. 바로 내일, 홈런 더비에서 진짜 실력이 뭔지를 보여주마.'

내일 홈런 더비에서 태성은 아메리칸리그를 대표하는 선수 중 한 명으로, 민우는 내셔널리그를 대표하는 선수 중 한 명으로 이름을 올린 상태였다.

태성은 홈런 더비에서 최고의 홈런을 날려 강민우를 찍어누를 생각만으로도 기분이 좋아졌는지, 이내 등받이에 몸을 편히 기댄 채 경기를 관전하기 시작했다.

그리고 그런 태성의 모습을 유심히 지켜보던 앤드루스가 옆에 나란히 서 있던 해밀턴을 툭 건드렸다.

"저 녀석 요새 좀 이상하지 않아?"

앤드루스의 물음에 해밀턴이 힐긋 고개를 돌려 태성을 지그시 바라봤다.

"행동이 조금 이상한 것 같기는 한데… 뭐, 원래 저런 모습이었잖아."

"그런가?"

'내가 예민한 건가?'

해밀턴의 시큰둥한 반응에 앤드루스도 이내 고개를 갸웃거리고는 태성에게서 신경을 꺼버렸다.

『메이저리거』 13권에 계속…

초대형 24시 만화방

신간 100%, 샤워실, 흡연실, 수면실(침대석), 커플석, 세탁기 완비

■ 시흥 정왕25시점 ■

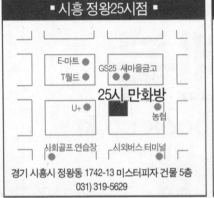

경기 시흥시 정왕동 1742-13 미스터피자 건물 5층
031) 319-5629

■ 강북 노원역점 ■

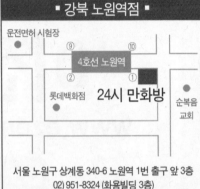

서울 노원구 상계동 340-6 노원역 1번 출구 앞 3층
02) 951-8324 (화용빌딩 3층)

■ 일산 정발산역점 ■

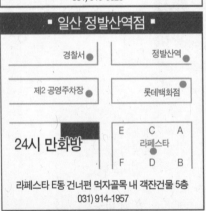

라페스타 E동 건너편 먹자골목 내 객잔건물 5층
031) 914-1957

■ 일산 화정역점 ■

경기도 고양시 덕양구 화정동 984번지 서일빌딩 7층
031) 979-4874 (서일사우나 건물 7층)

■ 부천 역곡역점 ■

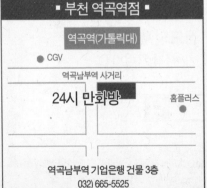

역곡남부역 기업은행 건물 3층
032) 665-5525

■ 부평역점 ■

(구) 진선미 예식장 뒤 한신포차 건물 10층
032) 522-2871

풍신서윤

風神

徐

강태훈 新무협 판타지 소설

FANTASTIC ORIENTAL HEROES

2015년 대미를 장식할 무협 기대작!

『풍신서윤』

부모를 잃은 서윤에게 찾아온
권왕 신도장천과 구명지은의 연.
그러나 마교의 준동은
그 인연을 죽음으로 이끄는데……

"나는 권왕이었지만
너는 풍신(風神)이 되거라!"

권왕의 유언이 불러온 새로운 전설의 도래.
혼란스러운 세상을 정화하는 풍신의 질주가 시작된다!

Book Publishing CHUNGEORAM

유행이 아닌 자유추구 ─
WWW.chungeoram.com

네르가시아 장편소설
FUSION FANTASTIC STORY

도시 무왕 연대기

글로벌 기업의 후계자 김태하.
탄탄대로를 걷던 그에게 거대한 음모가 덮쳐 온다!

『도시 무왕 연대기』

가장 믿고 있었던 친척의 배신,
그가 탄 비행기는 추락하고 만다.

혹한의 땅에서 기적같이 살아나
기연을 만나게 되는데……

모든 것을 잃은 남자,
김태하의 화끈한 복수극이 시작된다!

Book Publishing CHUNGEORAM

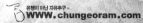

이모탈 퓨전 판타지 소설
FUSION FANTASTIC STORY

용병들의 대지
Road of Mercenaries

이 세계엔 3개의 성역이 존재한다.
기사들의 성역, 에퀘스.
마법사들의 성역, 바벨의 탑.
그리고… 그들의 끊임없는 견제 속에 탄생하지 못한

『용병들의 대지』

전쟁터의 가장 밑을 뒹굴던 하급 용병 아론은
이차원의 자신을 살해하고 최강을 노릴 힘을 가지게 된다.

그의 앞으로 찾아온 새로운 인생!
아론은 전설로만 전해지던
용병들의 대지를 실현시킬 수 있을 것인가!

Book Publishing CHUNGEORAM

유행이아닌 자유추구
WWW. chungeoram .com

FUSION FANTASTIC STORY

텀블러 장편소설

현대 천마록

천하를 호령하고 전 무림을 통합한
일월신교의 교주 천하랑.
사람들은 그를 천마, 혹은 혈마대제라고 불렀다.

『현대 천마록』

무공의 끝은 불로불사가 되는 것이라 생각했지만
그로서도 자연의 섭리 앞에선 어쩔 수 없었다!

'그렇게 많은 피를 흘렸음에도 불구하고
죽을 때가 되니 남는 것이 없군그래.'

거듭된 고련 끝에 천하랑의 영혼이
존재하지 않게 된 그 순간
그의 영혼은 현세에서 천마로서 눈을 뜬다!

Book Publishing CHUNGEORAM

유행이 아닌 자유추구 -
WWW.chungeoram.com